上海名堂经

有声书

畸笔叟 著

上海文化出版社

图书在版编目（CIP）数据

上海名堂经/畸笔叟著.—上海：上海文化出版社，2018.8
 ISBN 978-7-5535-1266-2

Ⅰ.①上… Ⅱ.①畸… Ⅲ.①散文集-中国-当代 Ⅳ.①I267

中国版本图书馆 CIP 数据核字（2018）第 129172 号

出 版 人：姜逸青
责任编辑：黄慧鸣
装帧设计：王 伟

书　　名	上海名堂经
作　　者	畸笔叟
出　　版	上海世纪出版集团　上海文化出版社
地　　址	上海市绍兴路 7 号　200020
发　　行	上海文艺出版社发行中心
	上海市绍兴路 50 号　200020　www.ewen.co
印　　刷	上海叶大印务发展有限公司
开　　本	889×1194　1/32
印　　张	7.25
版　　次	2018 年 8 月第一版　2018 年 8 月第一次印刷
国际书号	ISBN 978-7-5535-1266-2/I·472
定　　价	30.00 元

告 读 者：如发现本书有质量问题请与印刷厂质量科联系
T：021-66019858

自序

　　转眼四年，一年一本，上海这点事体和言话，竟然也写了四本出来。《上海穿堂风》《上海野狐禅》《上海小日脚》和《上海壁角落》。

　　再要写，当然还可以写出一些来。不过这书名却有点起不出来了。而且当年是自己给自己酿的苦酒，一定要2+3，还一定要俗字，现在好，只好自己一口闷下去。

　　值此山穷水尽之时，只有长叹一声："这算啥个名堂经！"

　　哎，忽然有了。何不就叫《上海名堂经》？

　　想来想去，还越想越有道理。

　　上海人，上海事，上海话，就因为里面名堂多，名堂经透，自己才爱不释手，孜孜以求。大家也才希望了解。

　　关键是要写得有名堂，写出名堂，还要让人家看出名堂来。

　　那我就再试试。

　　写《上海名堂经》的同时，我的第一本沪语有声读物《上海有声色》也在紧张编辑中。也许觉得有声读物有趣吧，出版方建议将《上海名堂经》也做成有声读物。我当然是乐意的。这么一来，不但要让大学看出名堂，还要听出点名堂来呢。

　　每篇文章的标题下面，都有一个二维码，扫一扫，即可听到原文的沪语音频。

　　再次感谢黄慧鸣的玉成，以及这些年来在网上不断鼓励我写上海讲上海的朋友们。

2018 年 6 月

目录

街名堂

上海人"孵"茶馆店"孵"出多少"名堂经" 2
闹中取静的华亭路,闹过,静过,又闹过,终于静了 16
上海言话里关于电车的俚语 37
闲话当年挤车子 41
中百一店小别,我也来讲两句 67
荣昌祥、中山装、奉帮裁缝:中百公司原址的故事 73
三间头、六间头、九间头,都去哪儿啦? 79

老名堂

谈谈电影《罗曼蒂克消亡史》里的上海话及其他 86
三十年前的今天——那年广播萌动过 96
高考:取消亦不应被忘却 102
到底是"浜瓜"还是"崩瓜"? 107
老早端午哪能过?黄浦江上看龙船 112
没有空调的日子里,"热煞鬼投胎"的怎么办? 117
你还记得曾经的"失物招领处"吗? 122
推不开的才是福,兼谈"做生"与"避寿" 126

家名堂

我们从小被"做"过的"规矩"——吃相、坐相与站相 132
"爷叔"二字,好像也不是可以随叫叫的吧 140
我们现在怎样带孩子? 145
拣笋拣到笋贩哭 149

话名堂
    "沪普"故事：老清早外婆很忙 **156**
    塑料铅桶搪瓷痰盂汰脚面盆——侬晓得这些自相矛盾的上海言话吗？ **159**
    啥？今朝37度？根本弗罢嘛！ **163**
    算盘不用了，这几句上海言话也不用了 **167**
    送粽？送终？哪能畀伊拉想出来嘅！ **171**

语名堂
    投三投四投五投六投七投八 **176**
    上海言话里的"顶"和"底" **180**
    上海言话里的一个"摆"字，到哪里去了？ **185**
    上海言话里的"势"——有的土有的洋 **191**
    上海言话里带"脚"的习语 **196**
    睏觉，上海言话里有几种讲法？ **202**

吃名堂
    我们以后怎样与家人一起晚餐？ **208**
    长亭买酒，非关铜钿总关情 **212**
    戏说梅龙镇私房菜 **215**
    雨夜，在西区吃私房菜 **219**

街名堂

上海人『孵』茶馆店『孵』出多少『名堂经』

扫一扫,有名堂

一

各到各处的人都欢喜吃茶,都有许多茶馆。

在北方,有老舍写过的《茶馆》;在南方,有阿庆嫂的"春来茶馆"。

只有上海人特里特出,茶馆不叫茶馆,叫茶馆店。有了馆还要店,讲起来也不怕吃力。吃茶不叫吃茶,叫"孵"茶馆店。

"孵"者，赖着不走之谓也，一点也不高雅。

讲起上海的茶馆店，远一点，建城七百多年，一建城，也就是宋末元初就有了；近一点，开埠一百七十多年，一开埠，也就是清同治初年（1850年代）就有了。

租界时代最早的茶馆店叫"丽水台"，开在三茅阁桥旁边，推窗就见洋泾浜。所谓"杰阁二层，楼宇轩敞"。平房遍地的年代，二层楼便称"杰阁"，"海外大奇谈"了。

我倒是对它的地理位置感兴趣。都知道洋泾浜是英租界和法租界的分界；而三茅阁桥大街（今河南路），又是租界与华界的最早分界。那是一个典型的"三不管"地方。试想，若在那里犯事，"红头阿三"管你，你可以逃到法租界；安南巡捕管你，你又可以逃到华界；县府衙门抓你，你又可以逃回租界。

因此，"三不管"的地方都容易做出大市面。后来的徐家汇、曹家渡、五角场等都是类似的例子。连我写过的"淮海路最后的街角"淮海路陕西路口，也可以马马虎虎算进去。因为长乐路以北是静安，陕西路以东是卢湾，西南面是徐汇。

还记得1990年代初，马路上都是外烟摊。其标志物是一只倒扣的空箩筐，上面插几张硬箔纸。付钞票拿香烟是要到隔壁弄堂里去的。私卖外烟不合法，警察就要来捉。其他地方，烟贩子要么末路狂奔，要么束手就擒。曹家渡的烟贩子就比较笃悠悠。静安来人了，我就穿马路到普陀去；普陀来人了，就穿马路到长宁去；长宁来人了，再逃回静安来。慢条斯理，一点也不慌。箩筐你拿走好了，反正不值铜钿。明早到小菜场再顺手牵羊拿一只来。

当年，"丽水台"一炮打响，别人就跟着学样。南京路就开出第二家茶馆店，叫"一洞天"。1876年，广东人在棋盘街开出同芳茶居。再后来，老城厢里又有了湖心亭茶室、"也有轩"、"四美轩"和"春风得意楼"等。就这样，上海的茶馆店从南市往北市发展，又有了云南路的"鹤林春"、广东路的"松风阁"、福州路的"青莲阁"、九江路的"天香阁"、南京路上的"仝羽春""五云日升楼"等。

到宣统元年（1909年），上海已有了64家茶馆店。十年后（1919年），猛增至164家。

其实，茶馆店三个字是上海人口头上的俗称。真正茶馆店的名字还都是很雅的。曰阁、曰楼、曰社、曰坊、曰馆、曰屋、曰筑、曰院、曰堂、曰室、曰轩、曰居，而且用的都是好字眼。这样一来，"孵"茶馆店的朋友是不是也会觉得自己的档次也随之高了起来。

上海的茶馆店，按地域分，早期大致可分三种：广帮、苏帮、本帮。

广东茶馆店的特点当然是有早茶。一直有，现在还有。广东早茶又叫"一盅两件"，一盅自然是茶，两件则是小点心，如叉烧包、蒸凤爪。其实这已很奢侈。有时老广东只叫一客肠粉，就当早饭了。

记得1990年代初，广东率先开放后，南风北渐，上海人也突然流行起早茶来。礼拜天，福州路杏花楼、南京路小新雅、淮海路美心，以及平安大戏院隔壁的珠江等广帮菜馆，闹猛到一座难求。而且，上海人基本上吃不来早茶，各种点心点了满满一桌，埋单动辄三五百块，土豪得狠。"埋单"一词也是南风北渐的明证。所幸"其兴也勃，其亡也忽"，没两三年工夫又不流行了。

我吃过的最豪华的广东早茶是1990年代初在昆山。一位企业家朋友在奥灶馆二楼订了一间包厢，也不叫人作陪，就阿拉两家头。茶点了碧螺春、普洱、铁观音三壶；点心十几种，从一两一只的肉馒头到小笼春卷油条小馄饨；冷盆还有十几只，白鸡酱鸭熏鱼爆虾方腿红肠肉松皮蛋一应俱全，真的堆成三层楼。这种早茶吃法，根本已经走样了。我也只好开玩笑讲，要么索性再叫一瓶五粮液算了。这位老兄也真好客,问我,侬真的要吗?好极了!

苏州茶馆店的特点,就是有得评弹听。"当嘣哩嘣当,哩嘣哩嘣当",很是惬意。二郎腿跷跷,瓜子嗑嗑,茶咪咪,明明是"混格拉斯",还要装得"笃悠玛斯"。当然,专门有一班老听客,吃仔中饭,12点半之前般(肯定)到。有早场也会来,不过总归没午场的人多。

本地茶馆店是最实惠的。热天介,早晨天一亮就开门。老板你生你的火,我先坐下来散散心,也不催你。

老早本地茶馆店考究,用的都是盖碗。再考究点上头还要摆一只橄榄,新年新岁么摆一只金橘,都是一番好意。到1960年代,有很多人自带厂里发的大号搪瓷缸,老板也不嫌避,照样帮你冲茶,给你热水瓶。1980年代初,又流行大玻璃瓶,装过雀巢咖啡或果珍的,越来越粗相。老板还是不嫌避,只要你开心。

直到1990年代初,上海郊区几乎每一个镇都至少还有一家茶馆店存在,而且往往都开在老街的桥头。龙华如此,朱家角如此,七宝亦如此。那时我是联系农业的记者,当年上海只有400个乡,我至少跑过280个。那时交通不便,当天来回的话,就没时间做生活了,所以去了都要过夜。一早起来,第一桩事体就是寻茶馆。我亲眼所见,几乎无一例外。

再后来,不对了。推土机来了,老街旧翻新了,地租房租都上天了。茶馆店一一消失。现在好像只有七宝的桥南,宝丰羊肉店隔壁,那家茶馆店还开着吧,是不是移过位置已不记。

上海的茶馆店,按规模分,也可以分大中小三种。

大的如老早四马路的"青莲阁",三层楼,五六间门面呢。南京路的"五云日升楼"也有两层楼四五开间。

一般中等的茶馆店,两三开间门面不稀奇,单开间楼上楼下的也不少。

至于小茶馆店，一直可以小到"老虎灶茶馆店"，遍布大街小巷。有统计数字讲，1949 年，光老城厢这块弹丸之地就有 160 多家大小茶馆店，其中不少就是小茶馆店。

老虎灶最实惠，一杯茶几分钱，随便坐。而且茶客基本上都是邻舍街坊，聊聊各家的八卦，讲讲听来的新闻，相互开开玩笑，撩忒两句，其功能一点不比现在的朋友圈、微信群少。一声"我要回去烧饭喽"，跟现在的一句"我先下"又有啥区别？

关于为啥要叫"老虎灶"，似乎版本也不少。

我小辰光是亲眼看到过的，面对马路的灶口一面，涂了石灰，上面再勾墨线，画成一只老虎的样子。灶口就是老虎口。店堂深处的烟囱据说就是老虎尾巴。无论如何，它说服了我，不管它能不能说服别人。

还有《沙家浜》里阿庆嫂的一句唱："垒起七星灶"，也是诸说纷纭。

这次我在网上找图片，找到两种"七星灶"。一种就是有七个灶眼，上面搁七把茶壶，轮流开，轮流冲。还有一种，前面四个小灶眼，后面两个大灶眼。大灶眼上摆大铁锅，锅上再置大木桶。前面烧开水，后面炖热水。因为老早老虎灶冷天介还卖不烧开的汏浴水，一分洋钿一铅桶吧。有的甚至店堂深处拦出一只角，拉一根布帘子，里面就摆脚盆，供人洗澡。这叫"卖盆汤"。"卖盆汤"的老虎灶并不在少数。

其实我还见过三眼大灶四眼小灶的"七星灶"。这种"七星灶"一般是店家合一式的茶馆店。前面四眼小灶烧开水，后面两眼大灶炖热水，靠近灶口的那眼大灶平常也烧开水，到了饭点，要烧饭炒菜的呢。总不见得为了吃饭还要另起炉灶。

也许，还有我没见过的其他"七星灶"呢。

二

上海的茶馆店，从功能分，还可以分消遣型的和生意型的。其中生意型茶馆店是老上海一大特色。

老底子的上海人，真的吃饱饭没事体做，在茶馆店里从早"孵"到夜，然后再到"混堂"里去汏把浴，所谓"日里皮包水，夜里水包皮"，这种真正只是消遣的人其实不多的。

大多数上海人"孵"茶馆店还是有名堂的。无论如何总归要"孵"出点"名堂经"来。这个"名堂经"，其实就是"生意经"。

我们这代人总算运道好，遇上了1980年代的改革开放。大多数在工商界做事体的人，都参加过自己行业的产品订货会、项目洽谈会、经验交流会甚至理论研讨会。每年还要千方百计通过路子混进"广交会"。再后来，上海也有了"上交会"。

这充分说明，生意这东西，不但要做，而且要谈。

于是，一到开会的日子，大家像煞有介事，夹着个皮包，东看看，西问问，唾沫横飞，唇干舌燥。要么想买到自己称心的物事，要么想把自己的物事卖给人家，还要卖个好价钿。

仔细想想，1950年代之前，好像没有这一套，但是百多年来上海的市场经济形态很完备，产供销也都很顺畅。除非碰到东洋人打仗，金圆券狂跌，这是"不可抗力"，赛过地震台风。

都说魔都万商云集，集在哪里呢？都在茶馆店里谈生意啊。当然，你大老板可以在公馆里谈，你洋行大班可以在咖啡馆里谈，但无论如何没有在茶馆店里谈生意的多。就像现在，面包汉堡的生意再好，总归没大饼油条卖式啊多。

彼时也，上海滩的茶馆店里，正所谓，往来无白丁，都是生意人。而且，现在的订货会、洽谈会，一年只开几趟，春秋二季而已，每趟最长也不过五六天。而老早在茶馆店里谈生意，那几

街名堂 7

乎是一年365日，年中无休啊。

久而久之，各个行业的生意人跑各自的茶馆店，大家不搭界，也不跨界。时间也会彼此错开，互不相扰。只有外行拮隔的朋友才会踏错门槛。

就拿前面提到过的福州路"青莲阁"来讲，它主要是营造商的地盘。营造商，现在叫"乙方"吧。别看外滩万国建筑博览会，设计是外国人，有些建筑材料也确需进口，但建造还要靠阿拉自家人。具体负责的，就是这班营造商。当年浦东的南汇、川沙和高桥，都曾出过很有名气的营造商，很多外滩的房子就是他们造起来的。

不过，营造商谈生意，也并非财大气粗，要拿整个"青莲阁"包下来。据记载，每天下半日，二楼谈生意的是砖灰业。灰么就是洋灰，水门汀（cement），现在叫水泥。这个与营造商有关。同样是下半日，三楼是一本正经谈营造项目和建筑材料的。茶馆店还为此专门设立了"来货登记处"。现在叫"物流"了。而上半日，"青莲阁"的二楼是麻袋业和新衣服装业开茶会的辰光。三楼是颜料和印染业的市面。即便是下半日，三层楼的一块地方是飞花业和旧花布业的市面。这个花，是指棉花吧。南市不是有一条花衣街嘛。

这些生意人的茶会，一般也不是"穷开阿二头"。上下半日，一般只开两个钟头左右，其他辰光么，也要"嘎嘎汕胡"的呀。

或问，"青莲阁"一楼做点啥。一楼么只好消遣为主了。当年上海四马路介闹猛，游客也好，陌生人也好，走过路过，总要探个头进来看看。有的甚至慕名而来，点壶茶，坐忒一歇。"青莲阁"名气响啊，所以一楼谈生意并不合适。

再如"春风得意楼"，就是后来的"绿波廊"吧？大清老早，布业、豆业、钱业、糖业的朋友就开始谈生意了。而下半日则要让给化工原料行业的人。据说"春风得意楼"最兴旺的辰光，有将近 200 个人一道谈生意。生意人也分啥个生意人，这其中，有 160 个是实体企业的老板，还有 40 个，叫"居间人"。现在讲法，叫"搬砖头朋友"。上家与下家，他在当中"挑绷绷"。

福州路的长乐茶楼是建筑商的去处。建筑商是总包，而一般的小包工头只好到湖北路"天香阁"及附近的"一乐天"茶楼里去活动了。老西门外有爿"阿德茶楼"，是花卉行业的。"品芳楼"里谈的是汽车配件的交易。"四美轩"里，则谈珠宝玉器。现在卖"网红月饼"的"杏花楼"，老早是谈杂粮糖饼生意的。曾经以生煎馒头闻名上海滩的"萝春阁"里，都是木业老板。

我表大伯是做颜料生意的，他每天去的地方是芝罘路上的天蟾饭店。家父来上海读中学，就寄住在牛庄路的我表大伯家。家父至今还记得当年，每天早上，吃罢早饭，表大伯便站起来，摸摸肚皮，动身时，向家里人丢下一句话："我吃茶去喽。"然后出门扬长而去。这派头，与去写字楼上班毫无二致。

"孵"茶馆店，本来就是他们的日常工作。

需要补充的两点是，一个，茶馆店对每天都来的常客是有优惠的，茶钿总归收得客气点。另一个，也不是所有人都是"烂屁股"，坐下来就是一日。有的人生意既已谈成，就拍拍屁股跑路。所以有的茶馆店，一个早市，要换七八批茶客，现在叫"翻台子"。

所以说，上海老早的市场经济形态很完备，所谓谈生意，也不都是谈实物，信息本身也是一种生意。有些茶馆店就是专门交换各种生意场上的信息的。如南京路的"仝羽春"、九江路的"乐园茶楼"和福州路的"长乐茶园"。这样的茶馆店，各行各业的人都会来坐坐。上海人嘛，做生意也好，做人也好，头一桩事体，就是要"领市面"。否则你就要变成"阿木林""阿曲死"，现在讲法，"听畀人家斩冲头"了。

还有一种人,更加不可错过任何信息,亦不可不"领市面"。那就是当年的报人,吃新闻饭的朋友。某种意义上讲,记者就是"包打听"。而且,他不光想晓得啥人发财了,啥人破产了,啥人跳楼了,他还想晓得,啥人又讨了一房姨太太。八卦是最值钱的新闻。

当然,报人除了从生意人那里打探消息,同行之间也很需要交换情报,互通信息。当年新闻业自己的茶馆店是南京路的"一洞天",现在海仑宾馆所在地。

讲老上海的茶馆店,不能不讲到老底子的"吃讲茶"。各行各业都有自己的"大好佬"或者"大老倌",也就是业内的"老娘舅"。沪上"老娘舅"典故的出处怕是从这里来的吧。

谈生意,难免有纠纷。要摆平纠纷,就要"吃讲茶"。一般都要请出业内的长者以及地面上的"大好佬"或"大老倌",纠纷双方一道到茶楼上去接受调停。如果双方同意和解,"老娘舅"就将红茶绿茶混在一起,双方一饮而尽,事体就算摆平了。

这样的调停里,常常听得到这样一句话,那是"大老倌"才能说的:"迭能,我今朝摆句言话出来,倷要听听,勥听拉倒。"然后一二三四讲下去。假使有的"大老倌"一时头上吃不准,两边的人会催的:"某先生,侬摆句言话出来呀!"

三

有道是,食色,性也。
上海人"孵"茶馆店,好像也逃不开食与色。

总归先讲食,民以食为天嘛。
本来,上海人不叫喝茶叫吃茶,已经在吃了。本来,茶叶又香又浓,已经蛮有味道了。偏偏上海人依不足,还要想吃别的物事。

开茶馆店的朋友没办法,你要吃,我只好帮你去办。

这茶叶以外的吃食,也是一点点多起来的。

一开始是炒货。无非香瓜子、西瓜子、南瓜子、长生果。后来么,炒黄豆也有的。开花豆,也叫"撒屁豆"。尤其在老城隍庙附近,隔壁就是炒货店,便当。

有人嫌避炒货太硬,要搭点软的。于是有了蜜饯。橄榄、桃瓣、话梅、山楂片、葡萄干,都来了。

有人嫌避炒货太干,要搭点湿的。于是有了水果。橘子、苹果、香蕉、生梨、桂圆、菠萝,都来了。热天还有切片西瓜。

照道理,有了干的湿的软的,介许多"名堂经","孵"茶馆店应该"孵"得蛮开心了吧。谁知,有人讲,零食吃不饱,要来点主食。好吧,茶馆店伙计帮侬到隔壁去买面条买馄饨买汤团,给你点点饥。乃末好,事体越弄越大了。

茶馆店老板也不是戆徒。啥个像矿泉水广告讲的那样:"我们只做搬运工!"十三点啊?没空。

烧水也是烧,烧点心也是烧,一样用煤球,不如自家烧。于是很多茶馆店都开始兼卖点心。

上海滩最有名的生煎馒头,出自"萝春阁"。老底子开在浙江路天津路口。最早也只是"萝春阁"茶馆店,这爿店是"海上第一大滑头"黄楚九开的。大家晓得,大世界也是他开的,浴德池也是他开的。

有辰光,他力气用多了,黄汤灌多了,就在浴德池睏过夜。一早起来,没几步路,走到"萝春阁"来吃茶。黄楚九有个老规矩,进茶馆店之前,先在旁边一只弄堂口的摊头上买四只生煎,牛皮纸袋袋一装,边吃边穿马路。

不料,有一次,他看见生煎摊头在吵相骂。轧进去一听,原来,老板嫌避伙计生煎里肉摆得太多,叫他少摆还不肯,便要回头他生意。那伙计正在拼命解释。黄楚九看到此地么,就开口了:"好了,夠烦了。侬也夠搭伊搅弗清爽,侬到我此地来做生煎,我欢喜肉多摆点。"

于是,那伙计就成了"萝春阁"的点心司务。而且他做出来的生煎,很快远近闻名,成了沪上一绝。

后来再有了"大壶春"。不过,"大壶春"不是照搬,而是做出自家特色。现在讲法,不是"山寨"而是有"创新"。也就是从那时候起,上海的生煎馒头分成两种流派。萝春阁的叫"汤心帮",大壶春的叫"肉心帮"。此后一百年,上海滩上,随便什么生煎都再也算不得"创新",吴江路上起家的,更加不能算。我亲眼看到它用过什么肉。

"汤心帮"讲究汤汁丰富,"肉心帮"讲究肉质鲜美。哪像现在,只要是包起来的物事,统统一包汤。无聊之极。

讲起"萝春阁",还有几件轶事。

一个是它的地址。把它写到浙江路天津路口的是上海社科院出版社 2001 年版的《上海文化艺术志》。而我有一位网友"云上"就住在附近,她说在宁波路口。因为"萝春阁"茶馆店楼上,1931 年开过一爿"萝春阁"书场,到 1950 年代改成了托儿所幼儿园,她就入托在那里,应该不会记错。

另一位网友给我留言说,萝春阁应开在浙江中路,宁波路和牛庄路之间,近宁波路。他的一个中学同学,就住在它楼上。他还特地从当年保留下来的通讯录里查到了同学的老地址,上面写"浙江中路 462 号××室"。因此我特地去那里看了一下。原址现在竟然开着一爿生煎店,就是吴江路走出来的那家。

鹊巢鸠占啊。

"萝春阁"到底在哪里?还是搬过场?短短八十年后就吃不准了,难怪海派文化想不衰落也难。

另一个是,四五年前,连环画家贺友直老先生与晚报合作,开过一个"贺友直新说老上海"的专栏。在这个专栏里,贺友直画过"萝春阁"。问题出在晚报的文字介绍上,竟把"萝春阁"写成了"罗春阁"。家父看了,十分光火,甚至要我打电话到晚报去问过明白。

家父说,"萝春"二字,出自唐代诗人钱起的《题温处士山居》。句云:"谁知白云外,别有绿萝春。苔绕溪边径,花深洞里人。"这钱起来头不小,据说大书法家草书大师怀素和尚是他的侄子。另外,"绕萝生春"是多么好的意境。"罗春"算个什么"名堂经"?

老上海的茶馆店里,不但做出过享誉百年的生煎馒头,现在遍布大小马路的盒饭摊里的盖浇饭,也出自老上海的茶馆店。那茶馆店就是当年开在南京路湖北路口的"五云日升楼"。

盖浇饭,绝对是上海滩的发明。很多南方人,天天吃面食是挡不牢的,一定要吃白米饭。所以,既然面条可以有浇头,饭可不可以也有浇头呢?

当年,上海大马路上,最多的就是"跑街先生",现在叫"销售"(salesman)。天天穿着一塌刮子"101套"的西装,独根头的领带像剃头店里的刮刀布,夹着个包,开口就是洋泾浜英文,倒蛮有点人样子的。大家都尊称伊一声"王革履"或者"张革履"。一到中午,原形毕露。路边摊么又坐不下去,西餐馆么又坐不进去。哪能办?只有盖浇饭最配他们胃口。

可以讲,盖浇饭就是为当年众多的"跑街先生"量身定做的。有需必有供。简单快捷又便宜,还不失体面。所以"五云日升楼"一推出来就大受欢迎,迅速风靡全市。很多茶馆店乃至饭店都做盖浇饭。洋装瘪三来吃,黄包车夫也来吃,连外国人也来轧闹猛。因为盖浇饭与所谓的西式的商务套餐没多大区别。所以,盖浇饭一开始就有英文名字的,叫"dressing meal"。假使你派头大,来一客双浇,那就是"double dressings"了。三浇就是"tri-dressings"了呢。

盖浇饭也分档次。像面浇头一样,过桥么高端些。"低端"的么,就直接一勺子菜扣在饭碗上,吃第一口饭像挖煤矿一样,要寻的。不过,这种盖浇饭价钿更加便宜,又不是洋装瘪三,要啥功架,路旁边一蹲,就"掇(wo)"起来了,管他那么多。

讲了食,再来讲色。

茶馆店里有介许多谈生意的大老板小老板,就是随便瞎"孵孵"的么,也是有铜钿人家。莺莺燕燕哪能不要飞过来。

上海滩第一家茶馆店"丽水台"就没逃过。

有竹枝词为证:

丽水台还万仙台,两家茶社最称魁。
分明咫尺巫山里,莫约朋侪此处来。

四马路的"青莲阁"也没逃过。

青莲阁过一层楼,痴蝶狂蜂次第游。
细问芳名呼小姐,秋波斜转似含羞。

到19世纪末,就更加不像样了。

列坐居然杂绮罗,穹楼高处雨云窝。
茶经岂是鸳鸯谱,争奈时人渴病多。

而且,混迹于茶馆店的,没啥好货色,都是野鸡,现在叫法,"低端失足妇女"。

对此,官府当然要整治。早在1885年,华界官府就发文禁止,并且动手查禁。抓到狗男女,处罚的方式有"吃耳光(掌颊)160记,打屁股(笞臀)200记"。再严重的"枷号一月"。最不堪的是,将一男一女枷于"阆苑第一楼"门口示众,一度造成四马路堵塞。算啥个"名堂"?

不过,华界官府管不了租界里的茶馆店。而且租界当局觉得"禁止妇女进茶楼"有些师出无名,于是不但不予配合,还阻挠华界官府进租界拿人。当然,茶馆店生意好,有了莺燕生意更好,税收想必也是另外一种考量吧。

总之,茶馆店"扫黄"一事,屡禁不止,收效甚微。一直到1930年代初,才渐渐式微。有专家认为,究其原因,并非治理力度加大,因为整个1930年代,上海的这个行当依然兴盛得很,而是茶馆店被新兴娱乐场所分流了。她们不必一定要去茶馆店,也可以去咖啡馆、跳舞厅、游乐场,还可以直接开房间,或做向导员、按摩师。

至此,"孵"茶馆店,终于再也"孵"不出这种"名堂经"了。

现在的上海,茶馆店生意依然不错。

现在"孵"茶馆店,还有啥"名堂经"?我看现在的"名堂经"就是四个字:"穷性穷悟"。

一方面是"穷性穷悟"地斩。以人均消费计,包厢里吃一趟茶,"外婆家"好吃五六顿饭了。

一方面是"穷性穷悟"地吃。有家什么"风"的人家,点了茶,零食水果小吃冷盆,听吃不动气。于是,只只台子上也都堆到"扑扑潽",有吃不吃猪头三。

哦,还有一个"穷性穷悟":"穷性穷悟"排队买茶。

闹中取静的华亭路，闹过，静过，又闹过，终于静了

扫一扫，有名堂

一

最近，由于家事的缘故，常常回到淮海路。淮海路上不便停车，我总是关照"差头"司机从长乐路拐进来，再穿华亭路停在它的南端。

一直想写写华亭路，一直没发心。这回，还是写她一写吧。

都说华亭路闹中取静，因她一头连着繁华的淮海中路，而另一头，穿过幽邃的延庆路，通向神秘的长乐路。这一片，绿树掩映之下，都是花园洋房，处处可见"保护建筑"的铭牌。花园都是大花园，洋房却是小洋房，说是三层，其实过去底楼一般都不住人，只储物。但洋房虽小，又大多有直通二楼的露天扶梯，派头十足。

用张爱玲的话来说，法租界里的这类小洋房只好叫做"西班牙小房子"。她表大爷一家来上海，连主带仆十几口，只好"挤"在里面。气不气人？现在的"保护建筑"铭牌上，称之为"地中海风格"。我们小时候，嫌避这些洋房层高低矮，就叫它"日本人房子"。当年日本人，上海人叫"东洋人"，又叫"矮东洋"。

华亭路不长，仅400米。站在上方花园门口，一眼就可以看到长乐路。当年，京剧名家周信芳就住在长乐路华亭路口，周家花园里的一只大狼狗，远近闻名。我们小孩子，经常隔着"墙篱笆"去逗它，又被它吓得逃散开来。

华亭路的历史也不长。最早叫麦阳路，筑于1910年左右。距今不过百年有余。但就在最近这短短几十年里，她曾两起两落。

我家是1956年初搬到淮海路华亭路口对面的钱恩（Jane）公寓的。后来竟成了我喜欢英国小说《简·爱》（Jane Eyre）的一个理由。但人家问，你家住哪里？我们不说"钱恩"的，名气太小，没人知道。我们只说"金门旧货店楼上"，几乎人人都会明白。

金门的名气响。在寸土寸金的淮海路常熟路口，居然占了三个门面，朝北有两开间，就是我家楼下，对面朝南的还有一开间。查资料，1947年，对面的金门还叫"百货公司"，十年后，变成了旧货店。

仔细想想，金门旧货店开在这里也不无道理。这一带，住着很多"十月革命"后逃过来的沙俄皇室贵族后裔。这些人身无长技,坐吃山空,多半靠卖家当度日。也有的,后来放下架子,开店谋生。淮海路国泰大戏院附近的众多西餐馆,大多是这些白俄后裔开的。所以,到淮海路去吃西餐,又叫去吃"罗宋大菜"。

三爿金门旧货店还不够,家母告诉我,我家刚搬来时,紧靠金门的华亭路,上街沿就已经搭满了旧货摊。这就是我要说的华亭路的第一"闹"。

那些旧货摊,油毛毡的屋顶,其实只是斜披,竹爿的墙,很是伧俗,与周围的花园洋房,怎么看也不搭调。而且这些摊头是怎么被允许直接搭在花园洋房的外墙上的,我一直没想通,也已无可稽考。

而且这些摊头,一路朝北绵延过去。过了延庆路就更加不堪。北边的摊头不再卖家具皮货瓷器等旧货,而是铜白铁作坊。有两样物事我印象最深,一个是暖炉翻新,一个是童车翻新。收来旧货,又敲又铲,再用砂皮砂,再重新上漆。整日价味道难闻,叮叮当当,也不知周边洋房里的人家是怎么忍着过日子的。

问过很多人,比较一致的回答是,摆摊头做生活的是苦恼人,住洋房的是有钱人。那年头,你不忍,谁忍?

吵闹不算,气味不算,有时候还发臭。

淮海路、常熟路、衡山路一直是主干道,地势高,下水道大,排水快。周边小马路就倒霉了。

所以,儿时的记忆是,一到热天,只要落大雨,华亭路延庆路朝北永远涨大水。几日几夜不退是常事。那些旧货摊修理摊就这样浸泡在水里,不臭也难。

但我们小孩子不管。往往下午一放学,第一桩事体就是赶紧跑到华亭路去"掭(沪音涡)大水",或者叫"撩大水"。开心啊。裤脚管卷起来,鞋袜事先放进书包,书包甩过双肩扛在背后,由南向北"掭"过去,越来越深。还要踢,还要跳,甚至打水仗。不弄到十指起皱决不收兵。这就是华亭路给我们带来的童趣。

家长知道了,总要责骂。弄脏是小事,要紧的是,那些水里都是旧货摊里漂出来的铁锈铁屑,扎了脚,或者脚本来有破口,都会出毛病。

也就是在"揿大水"的时候,我们发现了华亭路上最大最漂亮的花园洋房。它就在延庆路东转角上。当时已经是肺病疗养院了,现在还是肺科医院的一个门诊部。不过查资料,至少1947年,它还是私人住宅。

这幢仿古典式建筑,建成于1928年。由法国商人费安设计,被一位犹太富商买下。有的说带有巴洛克风格,有的说带有法国文艺复兴风格特征。一层楼前有凸弧形柱廊,二层退平台,三层退阳台;二层楼栏杆上还饰有花盆,平拱窗锁石上饰有浮雕头像。我们小辰光记得最清楚的,就是那两三个外国人作沉思状的雕刻头像。1966年以后就不见了,最近才又出现。原来当年被水泥一把糊没了。据说这次剥除头像上的灰浆废了不少功夫。

不过,当年我们都不大敢进去。因为那些年,肺结核是绝症,又叫"肺痨"或"痨病",要死人的。肺结核的克星、特效药雷米封到1952年才发明出来。

华亭路与我的童年,又岂止"揿大水"一事。

华亭路71弄2号和3号,曾经是我的小学新乐民办中心小学的总校。我们平时上课在二分校,即著名的宝庆路3号,徐元章先生的外公、上海染料大王周宗良的花园洋房里。不过举行大活动,比如六一儿童节联欢、少先队入队仪式,就要到华亭路的总校来了。

总校隔壁,华亭路71弄1号,好像是一家幼稚园。查资料,1947年时就是,叫"炳生幼稚园",现在也还是,不过叫"维多利亚"了。

而我们的 分校,也在华亭路的横弄堂里。从84号和86号旁边穿过去,就到了淮海大楼的后面。那里的一间玻璃花房,曾经是我们的一分校。

淮海大楼的后面,老早很有一番天地。因为靠常熟路的弄堂口有爿著名的"红玫瑰剃头店",所以我们又叫它"红玫瑰弄堂"。淮海大楼以前叫恩派亚大楼,所以后面有一个恩派亚花园,旁边还有一只绿登网球场,是红土的。

我们读小学时,已经讲究"劳动最光荣"了,有劳动课。我们的劳动课,就是去那个网球场平整场地。由工人把断碎的红砖不知从哪里用"劳动塌车"拉来,我们就蹲在地上,将这些碎转用榔头再敲成粉末,铺到不平整的地方。

这种劳动自然很无聊,手又弄得很脏。唯一的乐趣就是望野眼。当年打网球的好像还是罗宋人,男女都有。罗宋女人开球时,左手舒臂将球上抛,右手再扣去的那一刻,真是美极了。而我们,要么只能看到背影,要么很远。于是我们都十分羡慕场内的球童,他们就蹲在网边,有时还递个毛巾什么的,离得太近了。

有时候,网球会滚到我们敲砖的地方。男孩子都会乘机捡起,然后不是扔还给球童,而是亲自跑过去,交还给打球的人。

绿登网球场曾经出过一位童星,姓龚。家住五原路大统别墅,经常来这里打球。据说后来做过申花足球俱乐部前老总朱骏前女友云云。

现在花园和球场都没了吧。1990年代,美美百货风行一时。去过美美百货的都知道,除了沿街面店铺,里面怎么还有商场?那就是原来的花园和球场所在。

老早的弄堂往往四通八达。华亭路的弄堂不光西面通"红玫瑰弄堂",东面通淮海路1274弄,它最靠北面的"中信一村",还可以通到安福路口。那个弄堂口旁边,就是著名的中国福利会。我们这一代,都读过《儿童时代》杂志。那杂志社,也在中国福利会大院里。

终于要讲到华亭路淮海路这一头了。

华亭路沿淮海路的第一排房子,是英国露木式乡村别墅。有人说,连在一起犹如锯齿形的波浪。也有人说,像欧洲小镇般横卧在此。

值得一提的是这排房子的最西侧一幢，门牌号码应为淮海中路 1298 号。花园外沿马路搭起一座石牌坊，上面还真有过"龙门"二字，红底金字。花园里有假山，假山有洞可钻进钻出。下面还有小河，河的尽头雕了一艘石船，石船上还雕刻了许多人，据说寓意乘风破浪。假山上还有一只古色古香的亭子呢。因为高，站在淮海路上也能看到。其实，假山上还有一顶小桥可直达住房的一层楼。那三角屋顶的左右屋檐上，还盘着两条龙，寓意双龙戏珠。

同一排房子结构外观都相同，唯有这家特里特出。我们就把这幢房子叫做"龙门里"。有小学或中学同学住在里面，我们一般都会说："伊拉屋里啊，住勒龙门里呀。"据说，这家屋主原来是固齿灵牙膏厂的老板。政权更替之际，他去了台湾，房子遂被收来做 101 厂的职工宿舍。

其他几幢也各有故事。1294 号据说老早是义兴盛铁工厂老板的住宅。他大女儿 1950 年代曾考入北京农业大学，结果因为情伤想不开了。从此，我们一直可以看到，有个大姑娘披头散发地坐在自家的大门外发呆。大家都不敢与她搭话。1292 号底楼是轻工业研究所宿舍，二楼住着一位姓唐的教授，经常有钢琴声从他们窗口传出。他们隔壁，好像有一家姓顾，是开纺织厂的。还有一家姓曾，是撑外国轮船的。1288 号还有一位姓宁的，围棋下得好，后来据说进了江西省队。

现在这些人家的后代好像都移居海外了。只有这欧洲小镇般的半排房子还矗立在此，成了淮海中路西段上的一景。

华亭路上因旧货摊而起的第一阵的闹猛，到 1966 年秋天达到顶峰，并于 1972 年年初突然消失。

二

华亭路的旧货摊的摊主们做梦也想不到，1966 年下半年的生意竟然可以那么火爆。当然金门旧货店也没有想到。

红木家什，一堂一堂地塞满店堂间和简易棚，实在摆不下，金门旧货店只好把几只红木大橱摆到店门外头来，怕落雨，上头就用雨衣遮一遮。反正里面无论如何塞不进了，也就管不了那么多了。

华亭路顶顶靠近淮海路的几只摊头，里面高级皮货、整匹丝绸、西装大氅塞满堆满。还有精致的景德镇瓷器，一百多头的整套餐具、茶具。筷子只收象牙的，连红木筷子都不要。

是啥人挑挑他们的生意呢？

还用说么？这样吧，以淮海中路华亭路口为圆心，以华亭路的长度400米为半径，画一个圆。在那个夏天，这个圆圈里的几千家人家当中，受到冲击的比没受到冲击的还要多啊。上方花园当年只有70幢花园洋房不到（1—3号缺，4—6号及26—28号不是花园洋房），其中有44幢是独门独户的，能一家占一层的也不是什么小人家。几乎只只门牌号头里侪有人家"吃家什"。

"吃家什"其实倒也罢了。比起垃圾桶里被扔的金戒指、抽水马桶里被撕碎冲走的字画，一堂红木家什实在算不了什么。恶劣就恶劣在那四个字上，叫做"扫地出门"。独门独户突然变成了双亭子间，一家门夜里睡觉都躺不下，还要什么家什。遣返原籍的就更不谈了。

能不要的都不要了，活命要紧。身外之物怎么办？旧货店旧货摊里一送了事，三钿不值两钿，卖掉。

据说金门旧货店为此特意开过定价会议。因为一些老店员可都是识货朋友。但老店员说了不算。上头认为，不能只算经济账，既然资产阶级是腐朽没落的，他们的东西就不应该是值钱的。于是据说开出了很低的价。

事实上，价钱开得再低也没用，买主在哪里？即便三代根正苗红，也不敢轻易下手啊，邻舍隔壁总归要晓得的，怕影响进步啊。

因此大件物事好像基本没卖出去多少。后来好像集中到文化广场还是什么地方去了，反正永远也没有了下文。

小件物事卖起来，则像抢一样。我亲眼看到，华亭路西边第一只摊头上，八寸炒菜盆，上等瓷器，只卖两三角洋钿。象牙筷子，一两角洋钿一双。而且都拆零了卖。像这种物事，家家人家用得着，卖得极快。

多年后，我成了上无十八厂领导的秘书，因公事去过一次汪书记在卫乐公寓的家。闲聊中，发现他书桌前的安乐椅是红木的，而其他家具都不是。他解释说，这是我那年从华亭路摊头上买得来的，猜猜几钿？5块洋钿。我怎么猜得着。

那是1980年代初，一套凭票计划供应的什木家什起码也要480块洋钿呢。

正所谓，盛极必衰。华亭路旧货摊没想到自己1966年的好运道，同样，也没想到1972年的一刀切。

那年年初，我从江西回沪探亲。突然发现，对过华亭路的旧货摊没了。而且弄得特别干净。一直不知道是谁干的，也无从打听。

几十年后，我才慢慢了解到，1972年华亭路旧货摊的消失，想必与美国总统尼克松访华并在上海签订《上海公报》有关。

据说当年是周恩来亲自下的命令，要求上海严格整治迎宾路线两侧及周边地区的环境。华亭路是虹桥机场到锦江饭店的必经之路，旧货摊破破烂烂，实在太煞风景了。因此难逃厄运。

有厄运，就有好运。据说，周恩来同时指示，要适当恢复一些老上海滩的风貌，不要让美国人觉得变化太大。此话一出，上海的西餐馆就乘势恢复了。

虽然，宝大（即上海西菜馆）在茂名路以东，红房子在茂名路以西，都不在迎宾路线上，但却都在锦江饭店宾客饭后散步的射程范围之内。上海人聪明，做事不刻板，一样弄，弄弄好。

于是华亭路旧货摊没了,西餐迅速流行开来。短短两三年之内,西餐迅速走入上海滩的千家万户。那时逢年过节,不管是上门做人客,还是请客,餐桌上必然有炸猪排,而且面包粉一定是自己用屑粒末煞做的。必然有色拉,而且色拉酱一定是自己用蛋黄调出来的。只好一个方向调,否则要"懈忒嗰"。考究点的人家么,再来一只罗宋汤。

这是插曲。

关于尼克松访华和华亭路整治之间的关系,其实不到十年我自己就得到了一些印证。那是1981年,我为上海引进电视机显像管流水线项目参与了和美国康宁玻璃公司的谈判,当翻译。

美国人口无遮拦,公司的生产部主任先告诉我,他儿子大学毕业后的职业志向是进CIA当情报人员,再说自己也很熟悉CIA,然后话题就扯远了。他说,当年为尼克松访华打前站的黑格团队中,特意挑选了好几个二战后在上海黄浦江军舰上驻扎过的海军陆战队员,他们能基本听懂上海话。

而且,他们打前站时,踏访范围确实很大。

还好都在周恩来的预料之中。

无论如何,华亭路总算静了下来。这一静,就是六七年。

现在,网上很多文章提到华亭路服装市场时,有的说1980年,有的说1984年,有的则含糊地说是1980年代初。

于是我搜索了一下自己的记忆。

我是1978年6月返城的。重新做回上海人,自然算一件大事,因此细节记得特别牢。

首先是上户口,新乐街道办事处在常熟路延庆路口的北面,羊毛衫八厂不到一点,179号,也是一幢很大的花园洋房。说来也巧,一家吃食店开在那个转弯角子上,名字却叫"华亭食堂"。

接下来是找工作,进生产组。管生产组的部门叫做街道联管组。联管组不在街道办事处大院里,而是设在了华亭路58号,又是一幢花园洋房，在华亭路延庆路西北转弯角子上。现在是"华亭社区卫生中心"。

我想我不会记错，我从淮海路走过来，两旁是没有摊位的。很宁静。

第二年，也就是 1979 年，我顶替家母进了上无十八厂。一进车间，就招来众人议论纷纷。无非两条：一个是留长头发，另一个就是穿花衬衫。加起来，就是流氓腔嘛。还记得那件花衬衫，鹅黄色的底，咸菜色的碎花，这在当年确实很扎眼。不光老同志看不惯，小年轻也没几个敢穿出来。

而这件花衬衫正是我从华亭路花 6 块钱买来的。当年的国营商店根本不敢进这样的货。

就是说，1979 年，华亭路已经有摊位了。尽管尚未成形，卖的也不全是服装，地盘也仅限于淮海路和延庆路之间，更像是个马路小商品市场。

那些主张华亭服装市场始于 1984 年的人，大致是看到过徐汇区的批文，是正式批复同意建立的日子。这就意味着，在这之前，华亭路至少有四五年是散养状态。

正是这种散养状态，积蓄了华亭路的市场活力，为后来的一飞冲天，引领全国时尚二十年打下了基础。

华亭路的活力，一方面是百姓拍手，另一方面却是住家的抵制。到处写举报信、申诉状。所以，以昨日之华亭路，反观今日之永康路，岂非洞若观火。有些东西，从来没有变过。

华亭路的住家，可不是好惹的。彼其时也，拨乱反正，落实政策，且思想解放，言路大开。气势不可谓不盛。

而且，能够享受落实政策的，来头都不小。上方花园西隔壁，老早是爿沙发店，1970 年代叫"永红家具店"。楼上 排房子都是属于一个老太的。家母叫她"沙发店楼上嫂嫂"。一开始，并没有全部还给她。后来，她的 1949 年离开上海的丈夫从美国飞到北京去了,要投资了,听说还受到当时最高领导的接见。据说大报没有登,《参考消息》上有。于是,老太就拿着《参考消息》到处找人。没办法,房子只好统统还给她。当然,这种事体,七传八传,到底是否完全真实,已不得而知。

1979年到1983年,也就是华亭路被散养的那五年,徐汇区的第一把手是杨富珍,那个受到过毛泽东13次接见的纺织女工。后来是诸后仁。这两位书记我都采访过。

记不清他们中间哪一个告诉过我,华亭路卧虎藏龙啊,住着很多大人物,93弄里还住着一位正军级。华亭路小贩们的吵吵闹闹确实影响到了他们的安度晚年。

不过,那年头,形势逼人,不开放搞活没有出路啊。无论如何,事实上,两任书记都没有对散养的华亭路喊停。否则,华亭路就成不了"中华时尚第一街"了。

华亭路很快就火了,闻名遐迩。

有人说,很多上海人的第一次时尚冲动都在华亭路,比如买第一条牛仔裤,打第一个耳朵洞,等等等等。殊不知,华亭路的小老板们也成为很多"第一批"。比如第一批万元户,第一批买商品房,第一批买摩托车,第一批买大哥大,等等等等。

可惜,好日子比坏日子更难守住,很多人堕落了,落魄了。

三

小小一条华亭路,闹过,静过,终于又喧闹了起来。而且这一闹,就是二十年。其名头之响,绝非上次的旧货摊可比。

不过,"台风眼"里没台风。我住得太近了,其实反而没有什么感觉。别人对我说,华亭路老灵嗰。我也只好讲,哦,是哦啊?

因为罗马不是一天建成的。我们看着她,先是钢丝床、帆布床、骨牌凳、铺板、劳动塌车、黄鱼车堆着卖,早上摊,夜快收,很多人凳子也没一个,就这么站着吆喝一天;到后来慢慢的,用脚踏车锁把钢丝床锁在行道树上,不带回去了,每天还带小矮凳来坐坐;再到搭建临时摊位,带把靠背椅子来坐坐;最后到统一摊位,煞煞齐。

商品也是如此。一开始小百货样样有。印象最深的就是,93弄口,每天有个老太,推了一部木头塌车,卖各种线带。砌鞋底线、宽紧带、各种彩色棉纱线都有。一看,面孔有点熟嘛。哦,原来在五原路小菜场外头摆摊头的。

还有一个三十岁左右的男人,面前只有两只骨牌凳,上面堆了一二十件羊毛衫在吆喝。面孔也有点熟嘛。哦,老早在五原路口每天下午卖油墩子的,现在改行了。我们知道,他可是"山上下来的",没事别惹他。

进货渠道也如此。一开始,大家没本钱,只是通过亲戚朋友,拿点外贸仓库尾货,甚至市郊乡镇企业的产品。我买的那件花衬衫就是南汇横沔乡生产的,当然,样子是驳了港台的。

后来,有了一点积蓄了,大家晓得可以到广州高第街去进货,那里牛仔裤便宜。美国苹果牌的。49次火车票很难买啊,也要穿着军大衣拿着折叠凳去排过夜的。再后来,厦门石狮的牛仔裤更便宜,大家又哄到石狮去。

1986年,我在石狮买过一条普通牛仔裤,不是苹果牌。摊主问我:"批多少?"我说只要一条。他很不耐烦,过了一歇,手一挥,讲:"算了算了,9块钱给你。"可见,如果批发,价钿还可以便宜。当年到了华亭路能卖几钿?我记得苹果牌是28到35元。杂牌么,至少也对本对利。当然,还要看你如何讨价还价了。

所以,去高第街,去石狮,再辛苦,一旦货色背转来,这只摊头绝对"起蓬头",往往一抢而光。小老板自己的余光和想象中,旁边其他摊主都眼睛发绿,哪能不要神抖抖。

顺便说一句,上海俚语"起蓬头"就是这么来的。

那么，本钱不足，又眼痒人家可以进到好货色"起蓬头"，哪能办？只有一途，借钱。华亭路从一开始就是完全市场化的。

有人告诉我，最早华亭路有过一对父子，一开始一道摆摊头，后来吵相骂，就分开，各做各的。有一次，儿子想去南方进货，本钱不足，别人也借不出，只好老老面皮问爷老头子借。爷老头子路子色清，借钱可以，月息2分利。也就是，借伊100元，回来要还120元。不管几天，都算一个月。做儿子的也"硬档"，吃进，不响。赶紧去进货要紧。20%？毛毛雨，只要货色对路，赚到手的，又岂止是对本对利，两三倍也可能。

其实，这倒不是华亭路的发明。他们也是听来的。民间借贷的规矩，最早是温州人立的。而且，规矩面前，六亲不认。有道是，亲兄弟，明算账。亲父子，也一样。

能在华亭路立足，当然还是要有点本事的。据一位华亭路小老板讲，他们从小就在老早华亭路的旧货摊里钻来钻去，没事甚至跟着摊主学估价。不出半年，就可以估个八九不离十了。上海言话讲法，识货朋友啊。哦，原来，钢铁是这样炼成的啊。

上面讲到，华亭路一开始那四五年，属于散养状态。不过，散养也是养。圈养，也就是单独成立管理市场的机构了，区工商会派人来管。散养么，街道还是要来收管理费的。

收费的人也没有制服，戴一只红袖章，以示区别。手里拿一叠像当年饭店里1角2分的报销凭证一样大小的花纸头，上头印着2元、5元、10元等等。一只一只摊头收过去。一般早晚两次。也看情况，额度也看情况。生意好，多收点，生意不好，少收点。上海人，样样侪要"格山水"。

有道是，"钱是人的胆，不会说话也会喊"，个体户赚了一点小钱后，喉咙都响起来了。所以，收费的人也蛮作孽，像养媳妇一样，轻声轻气，面带笑容。喏，这个就是上海特色了。后来，各种各样管理人员都狠三狠四起来，那是异化了。

不过，总有"老鬼失脾"的时候。傍晚时分，走到一个当天走货走得不大好的摊位,也要想问他再收第二次管理费,那就要"吃弹皮弓"了:"喂,朋友,我今朝一样也没卖忒,拿啥物事来交啊?死了远点!"戴袖章朋友也只好悻悻走开。

　　管理方"开软档",也是可以理解的。一开始,街道也没提供什么服务。钢丝床小矮凳都是人家自己的。后来造统一摊位了,搭雨棚了,帮大家拉电线了,再去收钱,毕竟底气足了许多。

　　我看看华亭路第一批个体户,有时也很作孽。吃饭没地方吃的。当年,真的是百废待兴。有报告统计,上海的饮食摊点,从大饭店到大饼摊,1949年有一万一千多家,到1976年,只剩一千多家。据说一直要到1980年代末1990年代初,再重新超过一万家。

　　我记得,当时延庆路朝东,要跑到4弄再过去,再有个把大饼摊和面店,中段是没有的。要么西面常熟路口的华亭食堂。断命的华亭食堂是大集体,作风当年也很老爷,叫他托个盘子送三四碗面来?"棉花店死老板——谈(弹)也不要谈"。

　　记得当年84号朝西,也就是通"红玫瑰弄堂"的地方,有一排两层的简易房,好像是属于街道的,楼下有个居民食堂。那里面的两个老阿姨态度稍许好一点,有时把面送到摊头上来,我们走过路过,是经常看到的。

　　不是华亭路个体户架子大,也不是他们超前,那时就有了"叫外卖"的意识。生意实在好不过,人走不开啊。人少也不舍得走,你去吃碗面,至少两笔生意挑挑隔壁人家,不肯的呀。

　　后来我看到,93弄里,靠淮海路的那排房子里,有人家出来相帮。每天下点面,送到摊头上,给熟悉的个体户老板们吃,钞票么比面店里便宜几分洋钿。

　　讲起来也作孽,1980年代初,上海面店里的浇头极少,咸菜肉丝、荷包蛋、大排(那时叫排骨),如此而已。连辣酱、辣肉、素鸡这种现在的大路货,当年也不是家家面店都有的。肉票豆制品票好像还没取消呢,自由市场去买肉么,价钿大呀。所以,个体户，喊喊叫老板，也很"做人家"。中午一般就是一碗咸菜面对付过去，加了荷包蛋，还要关照人家咸菜只要半份呢。

有进口就要有出口。

华亭路地段也太好了。不像其他市场，旁边总归有石库门弄堂。有老式弄堂，就有公共厕所。华亭路都是花园洋房，啥人会在这里造公厕。我想来想去，也就是那个居民食堂边上有个厕所。好像平时也不对外。三急之下怎么办？恐怕只有71弄和93弄里的居民倒霉了。难怪人家要投诉。

大概是1983年起吧，华亭路终于挤起来了。人流一点也不输给南京路中百公司门口。而且，那时不像现在，周末与周中有较大的区别。那时上海是实行全市大轮休的。仪表局礼拜二，轻工业局礼拜三，纺织局礼拜四，只有机关学堂才休礼拜天。讲起来也不讲礼拜天，而是讲"我休正礼拜"。所以，华亭路被这种"大轮休"轮番进攻，天天轧足输赢。

我对此印象深，是因为我当时骑自行车出行，本来总归穿华亭路，因为人少，还好"双脱手"呢。后来实在穿不过去了，总不能天天表演车技，只好改从大德里穿过去了。

后来华亭路的情况，恐怕我并不比大家知道得更多。

服装为主了，外国人也多了，A货也来了，假货也有了，"冲头"也斩起来了。延庆路北面也都是摊头了，一直摆到长乐路。沿街单位的车库、沿街居民的汽车间，都变成了商店。再后来，别的市场乃至别的城市的个体户到此地来批货了。还有的老板前店后工场，串起产供销一条龙了。这一些，我实在是不大想讲，味道缺缺。

从我个人角度看，顺便蹭个热点，华亭路，也是"她的前半生"好看。像一个小姑娘，总是"养在深闺人未识"的时候有味道。天天坐台，天天上通告，脸上的咬肌也笑僵了。

我也不知道为什么,我总是不大愿意轧闹猛,去关心那些大家都关心的光鲜。任何物事任何时候皆如此。

我只想补充一点,每个服装市场旁边,都会有一个"买家秀"的T台。青海路闹猛时,南京西路从青海路到石门路就是T台。后来,襄阳路火了,它的"买家秀"T台就在它的斜对面,百盛门口。什么千奇百怪的服装都可以在那里看到。上海电视台曾经有个时尚资讯节目,叫《今日印象》,天天在那里架机器街拍,总能有收获。

而当年华亭路的"买家秀"T台,就在淮海中路华亭路到东湖路这一段的上街沿。以前这一段路是没什么店的。姑娘们走起这段路来,就像模特儿走台。目不斜视,昂首挺胸。一旦有同性迎面走过来,那是一定要狠命地多耸两下肩膀,两只手背与臂膊简直要拗成直角了。真可谓百花争艳,骨头轻煞。有没有人看?没人看心里也乐开了花。

若要再讲,我倒更愿意讲讲华亭路小老板们的命运。

四

一般认为,华亭路的生意曾经那么火爆,在华亭路做生意的人一定是发了大财了。前两天还有朋友给我留言说,她的一个小学同学,当年毅然从国企跳槽,在华亭路练摊五年,捞到了第一桶金。然后适时杀进股市,钞票赚到"扑扑潽"云云。

神话很丰满,现实却很骨感。据我的观察,早期在华亭路混过的朋友,确实都过过好日子。但三十年以后,他们的生活状态分布,基本上呈橄榄形。顶端很小。大部分人,一圈兜下来,梦醒时分,与大家过得还是差不多的。另外一小部分则很惨。

1992年我到了电视台,曾经创办了《金融漫谈》节目,也就是股评节目。就我看到过的,海内没有比这个节目更早的评论股票的电视节目了。主持人就是后来声名鹊起的左安龙先生。我请来的。

当年条件有限，录节目都是借证券公司的场地。所以我们每个礼拜跑一家证券公司，总共跑了几十家。有一次，一位证券公司老总对我说，你知道我们这里谁的股票炒得最好？我问谁？他说，老早在五原路卖油墩子的。现在一个人包了一间大户室，两三只电脑（当年很吃香），还请了助理。他带我去大户室看，还真是那位在华亭路卖过羊毛衫的朋友。几年后再问起，据说被"揩忒了"。

做股票的人，多半都会问证券公司短期借贷。若一脚没踏准，被强行平仓的人太多了。我有一位插兄朋友，夜里从来不给我打电话。一天半夜两点多，他的电话进来了。第一句话就是，你陪我说说话，我慌得睡不着。问为啥？昨天借了证券公司400万。我问你自己本钱有多少？100多万。90年代100多万不少了。那我说，明早一开盘，不管涨了几角洋钿，只要涨就赶紧抛了还钱啊。求心安啊。第二天果然涨了，涨了谁肯抛？啥叫啥追涨杀跌？后来据说也遭到了强行平仓，不过损失不大，顶多是没有赚到本来想赚到的钞票，总算"肉里分"没坏。

股市真是一个说不清道不明的地方，大浪淘沙，引多少英雄竞折腰。我是觉得，最好珍惜生命，远离股市。

还有的华亭路老板率先买了商品房。当年的两室户大概二三十万一套。他们当年也土豪得很，都是全额现钞付账，从来不贷款的。真是"海外大奇谈"。

后来我在电视里看到过一个禁毒的法制节目，当年还不流行打马赛克呢，一个女子对着镜头说，她原来在华亭路摆过摊头，买了两套商品房，手头还有三十几万流动资金。心里想想，怎么吸也吸不完啊。而且，当年那种白的东西也便宜，打一针也只不过二三十块钱。现在掺了假的也要五六百了吧。于是小夫妻俩双双陷了进去。

她哪里知道，这玩意儿一碰，人懒忒了，一点也不想做事情。进货也不去，摊头也雇人管，那生意还不一落千丈？最后只好卖房子，两套房子统统卖忒之后，才觉得不对头，于是两夫妻自己到青浦去戒毒。记者问，你出去后最想做的是啥事体？记者当然想煽情，最好她讲要抱一抱自己的女儿啊之类。

哪里想到这女人一语惊人："我还有点钞票，我晓得囥在哪里。我一出去就拿伊寻出来，买来打针，统统打光伊。"

所以讲，这样物事，碰了第一口，基本完结。

还有的男老板要"扎台型"嘛。赚了钞票就去买摩托车。当年，上海人讲摩托车，至少是指幸福250的，什么轻骑125？不带的。大概是千禧年前后吧，我的一位警界朋友在一次聊天时告诉我，1978年后上海第一批摩托车牌照一共批了37张。到那时，37个车主已只剩半条命：一个南汇人，全瘫瞓在床上。都殁于车祸。车祸原因，一个是酒驾（虽然那时酒驾没管得那么严），一个是飙车，深夜飙车。

据说其中就有一个来自华亭路的。半夜三更，从常熟路华山路由北向南疾驶过来，不知为啥，突然一只小转弯，直别别撞上了常熟路口的工商银行大门。轨迹十分蹊跷，要么本来想要朝西去，视线不好，提前转弯了？乃末真正上了西天。

更多的是小来来，搓麻将。十赌九输，辛辛苦苦赚来的钞票，全部扔在了麻将桌上。若你想痛下决心，在此艰苦奋斗，争取东山再起的话，圈里人一定会劝侬：钞票这样物事，啥地方去的，就到啥地方捞转来。靠再做生意还赌债？捏鼻头做梦。只有再去牌桌上搏过明白。这话是不是很熟悉？我们十几岁时，就有人告诉过我们了。

还有，当然是各种摊派搜刮了。赚钱的时候你不觉得，反正明天还会有。等到市场关忒，人歇下来，陡然发觉，并没多少积蓄嘛。

其实这一切，都不只是华亭路的小老板们才有。几乎所有个体户、私人老板,包括各地乡镇企业家,几乎都逃不开黄赌毒的诱惑。哦,对了,还没有讲到"黄"吧?

到广东到福建去进货,大家都晓得,那里开放早,尺度也大。当年那里的宾馆大堂,夜里坐满了来路不明的女子。当地人自己都戏称宾馆大堂为"飞机场"。此机即那鸡。你走在路上,也有猥琐男人上来搭讪:"先生,打洞不?"至于客房电话里的"你寂寞吗"式的问候,早已家喻户晓。

这里要插一句。上海俚语中的一句"敲煤饼",就是从南方的"打洞"转化过来的。当年煤球店都开在居民区,他们怎么在煤饼上打洞,大家都看得一清二楚。南方的"打洞"传到上海后,就迅速被"本地化"了。一个,煤饼上全是洞,随便打打;一个,墨擦黑,喻不干净。所以,后来,有人从南方进货回到华亭路,大家不再先关心他进的货好不好、贵不贵,而是先开一句玩笑:"哪能啊,迭趟敲了几只煤饼啦?"

"煤饼"一出,"垃三"退场。弄堂里女人吵相骂,原来对骂"垃三",后来对骂"煤饼",煞是好玩。

有人告诉我,华亭路曾经有过暗娼的。但我没证实过。传说是,那些女子就坐在摊头深处靠墙,一般穿超短裙,无论季节。识货朋友看到,径直走进去,做一只大家约定的动作(这个动作就不明写了),就是接头暗号,马上就可以带着走。真假莫辨。

这种物事,即便有,亦属个例吧。

我倒是想起,有不少华亭路的女老板后来都嫁人出国了。这当然跟外国人来得多有直接关系。

上次看沪上知名作家沈嘉禄先生写田子坊,也写到有些上海女人在那里开店,商品开价奇高,门可罗雀。看似奇怪,没多久,女老板嫁人出国了。

我绝对相信,那时是的。上海女人啥个门槛?啥个机会也不会错过的。类似事体,早在华亭路年代就已经发生过了。

再早一点,在外滩和平饭店门口以及锦江饭店门口,也曾有过很多女学生,一有外国人出来,就与他们用英语会话,并虔诚请教。这也是出国之一途。

问我怎么知道的?当年我也在自学英文啊。有朋友就鼓励,你敢不敢?到和平饭店或者锦江饭店门口去,与外国人搭讪,进步会很快。另外,去虹桥机场,到废物箱里去翻外国人下飞机顺手扔掉的 Times 和 Newsweek,学习当下的英语,当年的英文教材里教的都是"Grandfather English"。这些事,我都干过啊。

扯远了。赶紧回来。

总之,华亭路市场说没就没了。2000年冬,我在做一只叫《东视广角》的节目,据说当年有点小名气。我曾派摄制组来拍华亭路的最后一夜的。可惜,人手紧,只派得出一个浙江来的实习生。事先尽管提了很多很具体的要求,片子还是拍得不甚了了。不提也罢。

华亭路两起两落,闹过,静过,又闹过,终于又闹中取静了。听说华亭路和延庆路都名列上海64条永不拓宽的街道之中,幸甚幸甚。

最后,活剥别人的歌词,为华亭路写一曲《当你静了》吧。

当你静了　没有人了
树影森森
当你静了　不再闹了
你是否也曾　回忆青春

多少人曾爱你惊艳绝伦的时辰
爱慕你的时尚　随意或真心
只有老上海还爱你虔诚的灵魂
爱你当年喧闹的蒸腾

当你静了　悄然无声
微风轻拂不停
突然又有　你的消息
这就是我心里的歌

我也老了　我也只能
写首歌来唱给你听

上海言话里关于电车的俚语

扫一扫,有名堂

新年伊始,新的71路无轨电车开出来了。

一时间,议论纷纷。说好的不多,说不好的比比皆是。

我是还没去乘过,甚至没去看过一眼。不过,我是闭着眼睛也要叫好的。

我1984年入行做新闻,就开始跑公交公司。现在好多"骂山门"的朋友,恐怕当年连受精卵都还不是。上海公交之难弄,不是一般人能想象的。我正想写一个系列出来呢。

依我看,公交专用道,就是这么用的。尽管因为信号灯,疏密不均,但你等着,还是有希望的。绝不见得比别的交通工具更慢。至于人多了吊住车不让走,就请少开簧腔。你吊宇宙飞船,它也要脱班。

我衷心希望71路多汲取些经验教训,好让南北高架路及逸仙高架路下面的直通有轨电车赶快也开出来（内环线下有待论证）。非如此，无法治理当下公交线路之乱象。

我看到，有人在"骂山门"时竟还呼吁：925路慢点取消。

那我就说一个925路刚开通时的笑话吧。

如果我没记错的话，925路开通于上世纪末。一批老静安人被迫动迁到荒郊野地靠近虹桥机场的龙柏新村，而工作单位还在市中心，天天靠坐925路上下班。

那时，我正好在做一个所谓的"舆论监督"的电视节目，每天都可以接到大量的观众投诉电话和信件。

一位普通市民写道："早上等在龙柏新村925路站，一等就是几十分钟。头顶上的飞机都过去了好几架，925路还没来。"

我晓得，刚开通的新71路有种种问题。但我看了那么多的"骂山门"，竟没有一条是可以与上述笑话比肩的。

上海人连"骂山门"里的幽默感也不见了，坍台啊。

说起来，上海还是电车的发祥地呢。

记得是1905年吧，英商上海电车公司成立了。最早着手铺设的电车铁轨，就是从派克弄（即今南京东路）外滩到外洋泾桥北堍（即今广东路外滩）。离新71路的起点站仅一步之遥。

之所以当年没有把铁轨铺到今天的延安东路外滩，是因为1908年3月5日，上海第一条有轨电车线路正式落成通车的时候，延安东路还是一条河。她的名字一说出来大家就很熟悉，叫"洋泾浜"。

"洋泾浜"是当年英租界和法租界的分界线，浜北有条路叫松江路，属英租界；浜南有条路，叫孔子路，属法租界。所以英国佬对上海人讲，我只好帮到侬此地了。

一直到1914年6月4日，也就是第一条电车线路开了六年以后，公共租界（即英美租界）纳税人特别会议才以380票对2票的绝对优势通过了一项决议，批准授权工部局与法租界方面协商，共同填掉洋泾浜筑成马路。

　　电车最早出现在上海,给上海人带来了方便。反过来,上海人也蛮对得起电车,乘法乘法,就乘出了许多"电车文化"。
　　比方讲,上海人做人家,不舍得乘电车,自家两只脚走回去。但是,讲法还是跟电车搭界,叫做,我"乘11路"回去的呀。
　　再比方讲,上海人做事体巴结,夜里主动加班,也搭电车搭界,叫做"开夜车"。
　　还有,上海人头子活络,会得抓机会。1990年代股市刚刚重新开张,就去排队买"认购证"。邻舍隔壁就会得讲:"朋友,侬轧着头班车了嘛!"
　　假使有些机会该赶上而没赶上,上海人会得自嘲一句,"又脱班了"。
　　不过,老鬼也有失辟时,一旦乘错忒,上仔一部调头车,半当中横里又开回来,乃末好,一如歌中唱道:"终点又回到起点,到现在才发觉。"

　　上海人"劳碌命"多,刚刚攀上五十岁,额角头上就有"电车路"了。
　　上海人最讨厌开会。大会听报告还可以打打瞌睡,小会讨论还要发言,真真烦煞人。索性牛皮乱吹,叫做"无轨电车乱开"。
　　还是与电车搭界。

　　最最好白相,我们这代人读小学的时候,上海滩上还流传过这样一首童谣:

　　　火车开过头,
　　　电车沓鼻头,
　　　公共汽车翻跟头,
　　　三轮车夫触霉头,
　　　黄包车夫买包盐炒豆……

黄包车夫买盐炒豆,是因为生意不好,只好解解厌气。

新71路,相信随着逐步改进,肯定会越来越受欢迎。到时候,71路的司机卖票员想买包盐炒豆吃吃,解解厌气,就怕还没这个空呢。

闲话当年挤车子

扫一扫,有名堂

一

上海人讲言话,蛮节约的,能少讲一个字也好。比方讲,一轻、二轻(第一轻工业局和第二轻工业局),东宫、西宫(沪东工人文化宫和沪西工人文化宫)。葱油拌面叫"葱拌",西装短裤叫"西短"。

话说回来,只有一桩事体,上海人讲起来一个字也不省。那就是"轧公共汽车"或者"轧无轨电车"。二十年前,从来没听人讲过"轧公交"的,方言的这个演变是最近的事。而且,好像也不简化成"轧汽车"或者"轧电车"。

为啥好省不省呢?我也不晓得。我只晓得,"轧公共汽车"这桩事体,在老上海人的脑子里印象实在太深刻了,一生一世也不会忘记。

现在的小朋友讲,地铁也很挤的,甚至形容人被挤得像照片一样。那是没见过老早的车厢的缘故。

我现在也坐地铁。尽管时时提醒自家,退休工人勥拎不清,高峰辰光让人家，总归有不巧、有尴尬的辰光。怎么办？只好一边挤在人堆里，一边内疚不已。老实讲，我这么挤着，既不方便要谋生的上班族，我自己也难受啊。因此，有时我就下车，长凳上坐一歇，看看手机，等高峰过去。我又没啥急事。

现在地铁最挤时，其实只是门口挤而已。依我看，与当年相比，每一节车厢至少还可以上去五六十个人。一点问题没有，根本不会变照片。

现在不算挤，是因为现在的年轻人讲文明。门外么排队，实在上不去了就作罢。像"窜条鱼"一样东钻西钻的，倒多半是老爷叔老阿姨。没办法，他们有条件反射。

三四十年前，有一种本事叫"吊车"。"吊车"也吊不上去，说明侬推扳。怎么个"吊车"法？就是两只手拉牢车门，两只脚尖踏着踏板，一只屁股离开车壁至少50公分，面孔朝天，青筋乱爆，真的像只"吊煞鬼"那样吊在那里。你们不让我上，我就这么吊着，坚决不松手。上头人喊下头人喊都没用，卖票员劝驾驶员劝都白搭。吊它个五分钟十分钟，一刻钟也无所谓。车站上后面车子排长队也不搭界。狠吗？狠得一天世界。

啥理由？太现成了。上班要迟到了。迟到要扣奖金的。每个月奖金一塌刮子5块10块，不舍得呀。

碰到这种劝不听的朋友怎么办？上海人的办法顶多了。君不见，世博会七千万人，半年里天天人山人海，照样弄得全国人民服服帖帖。啥？迪士尼，只好算弄弄白相相，让保安解解厌气。

办法是人想出来的。

从公交公司的角度讲，严重的吊车会把整个调度秩序全部打乱，你再放大站车什么车也调整不过来。等你调过来了，早高峰也过了。白忙。

而对司机卖票员来讲，每天一只班头跑几圈是有规定的。吊车就意味着要晚下班，赛过加班，还没加班费，那谁吃得消。

因此，公交公司派出了"推屁股队"，司机学会了"坌坌松"。

1984年，我做过联系公交公司的记者。听说有"推屁股队"，现在讲法，那就是"创新"啊，是新闻啊。我立即跑去联系。

现在回头来看，当年这一举措，其实还在试点，只是部分线路部分站点上有，后来不晓得啥原因，并未见它推广开来。所以，可能有人要讲，我当年轧公共汽车轧得苦煞快，哪能没见过"推屁股队"？

当年，公交公司只是回聘了一些本公司的退休工人，每天早高峰辰光，分派到指定站点，看到吊车了，就相帮"推屁股"，一直推到车门关得上。夜高峰不管，晚点到家又不扣奖金。

我至今还记得很清楚，当年公交公司叫我到中山东二路金陵路口的22路站头去采访，因为那个退休工人以前好像是劳模。我做生活老规矩，先不惊动他，站在金陵中学门口看他怎么推。等到早高峰过了，再上去采访他。

别说，"推屁股"绝对不只是力气活，很有技术含量的。

只见那老师傅，一看吊车了，人家急煞，他照样先礼后兵。先动口指导你："人朝左面侧一点……搭牢伊肩胛……脚并排并……拉牢杆子……对，乃末轧……用点力气……再轧……"他讲的几乎都是窍坎，你照此办理，一般车门就"咯吱"一声关上了。如果这样，门再关不上，他才上来真的动手推屁股。有时一边推，一边自己用脚踢门，最后才关上。

老师傅到底是老师傅，有的本来就是几十年的老卖票员，啥世面没见过。不像有些小姑娘，刚当卖票员，可能还是艺徒呢，头伸在窗口外，嘴里只会叫一句："侬用力气呀！侬用力气呀！"人家又不是在养小人啰。

很多卖票员就是这么看着老师傅做生活而学到门道的。学到了，你就可以自己指导乘客了。

另外一点，特别有上海派头。前头一个人已经吊着了，后面一个人还想吊上去，老师傅一定在你手攀车门脚离地之前拦在你前面，叫你别吊了，"等一部"。这时你不大会生气，因为你还没用力。如果你已吊上去了，再拉下来，那就很可能要寻相骂了。上海老师傅从来不"硬上"。

当然，总归有弄僵的时候。死推活推，门就是关不上。怎么办？这时候，驾驶员要头子活络，配合一下。怎么配合？就是松开离合器，让车子朝前一动，然后马上一脚急刹车。这个动作，就叫做"坌坌松"。

人都是怕死的。一看车子动了，门口的人们会自觉地一道用把力气。本来也只差这么一口气，这么一来，门就关上了。

讲起来，"坌坌松"的全部秘诀就在于突然，一讲就不灵了。这有点像民间治疗"打嗝"，一记头捏住你鼻子（别的出乎其意的动作亦可），七秒钟以上，"嗝"就没了。

"坌坌松"不但可以帮助关车门，还可以调节乘客情绪。

试想，车门刚关上的时候，很多人的身体都处于一种极不自然的状态，如果这样一直保持到终点站，肯定不出毛病也要疯掉。因此，这个时候乘客的情绪最不容易控制。

没关系，我们有老司机。

说来也巧了，老早的车站一大半设在十字路口附近。大家一定有这样的经验，车子刚刚起步就吃红灯，车厢里就会一片骂声。什么"转角遇见爱"？要么转角碰着鬼啦。

老司机就会利用这种地形，在车子起步吃红灯时故意急刹车。全车厢的人便会不由自主地前后晃动，等你晃了几晃回转来，已经是一个相对没有刚才别扭的体位了。聪明的朋友甚至可以乘机理一理衣裳下摆，包放到前头，脚也站得更舒服些。大家舒服了，相骂就吵不起来了。

有时候，老司机也会忘记。懂经的前门卖票员就会提醒一声："坌坌松呀，坌坌松。"

很多乘客是听不懂的。有的甚至还会因急刹车而破口大骂："册那，侬车子开得来哦啊？"老司机听了，只好肚皮里笑笑，心里讲：哼，没我老司机带带侬，侬永远也不出道。

站头上的老师傅一点也不输给老司机。他也还有绝招。

那天，我在他背后足足站了一个多小时，看了一个多小时。所以，等早高峰过了，我上去跟他打招呼，并问了许多问题。

这里，只写一个。

"老师傅，我看侬交关辰光也并不推人家屁股，而是有点像凿腰眼？"

"哪能有效果么哪能来呀。凿腰眼算啥，有辰光我还要挠他们痒痒呢。"

好极了。

哼，我叫侬吊着不动，侬倒试试老夫的手段。

二

讲起来，老早轧公共汽车的名堂还真不少。除了上面讲到的"垒垒松"，还有一句，叫"摆摆渡"。

其实，这个"摆摆渡"的动作，现在高峰时段公交车上也还经常看得到。上海老司机做生活从来不死板板。虽然是"前门上车，后门下车"，不过前门实在上不上了，后门上几个人也无所谓。两种办法：一种是先在前门刷卡再上后门；另外一种则是，上了后门，把交通卡交给别人，接力传送到前门去刷卡。有时一叠呢，五六张。这个动作，其实就是我讲的"摆摆渡"。

"摆摆渡"这句话，比"垒垒松"流传得广，是因为独脚戏的推波助澜。当年有一只独脚戏，里厢讽刺一个工作态度不大好的卖票员，看到人家要买票，自家又不高兴轧过去，于是就讲：

"来,阿哩一位,接接力,摆摆渡。"热心的乘客永远有,于是他就省了一把力。

我晓得,当年公交公司确实有规定,要文明服务,卖票一定要轧到人家面前。不过有辰光车子实在太挤了,又是两节头的长龙,站头又短,此地票子还没卖好,那面倒要到站开门了。耽误人家下车也会得有人骂山门的。卖票员是两面轧扁头啊。

所以,有辰光,"摆摆渡"并不一定是卖票员偷懒,而是车子实在太挤了。

挤到什么程度?当年公交公司据说做过两个实验。

一个是将一部长龙车停在场里,然后召集一帮场内职工来挤车。当然,做实验的人都很自觉,下面还有人指挥。看到哪里松,就让大家再站紧些。如果我没有记错的话,最后,一部长龙据说挤上了270个人!

另一个实验是,每一平方米究竟可以站几个人。男女乘客两扯扯,鞋子尺寸设定为39码的。于是就先找来一批39码的鞋子,摊在一个平方米中。结果是,最多可以摆16双。不过这个实验有个很大的问题,那就是人的"三围"(臀围腰围胸围)比两只脚的面积大很多好不好。于是,再用真人实验,最多只能站9个人(也有说站7人或11人的,各人的记忆不同,我记得是9个)。而且站9个人是"套裁"的,如果考虑左右脚都舒舒服服地站,连9个人也站不下。

事实上,当年坐过公共汽车的人都清楚,很多时候,两只脚根本放不到一起,都是交叉的,"搅花福禄"的。有时候,一只脚要立两站路,另一只脚才完全放得下来。至于个子娇小的女生被四面的"大模子"轧牢,两脚都不落地也勿紧,只要气透得过来。

言归正传。

"摆摆渡"有辰光也会"摆"出事体来。要么铅角子落忒了,要么车票没捏牢。票子角子小事体,问题是,谁的腰都弯不下去啊。断命老早的地板还是一垩一垩的呢。

还有,两个中门的朋友,一张5块头,一张10块头,各买一张5分车票,也辣手的。两把零头钞票都要捏紧,给的辰光还要问清爽,啥人10块头啥人5块头,弄错了没人认账的。断命找头还要点点清爽,卖票员拼命在叫呢:"找头点一点,一个9.95,一个4.95。"闹猛啊。

在这里,可以考大家一个问题。一个挨着早高峰的卖票员事先要准备多少用来周转的零头钞票?当年我采访过一个劳模级卖票员,她告诉我,最好是300块,其中铅角子50块以上。否则,第一圈就碰着十张10块头,你就没方向了。就算给你临时停车,银行还没开门呢。

那位劳模认为,一方面,有些上海人欢喜睏懒觉,大清老早出门,第一桩事体先乘车子,其他事体下车再讲。所以有在公共汽车上倒散大钞票的习惯,等一歇买香烟吃点心就便当了。另一方面,也不排除恶作剧。你越是准备不足找不出,人家就越给你大钞票。

唉,人生处处都是悬崖峭壁啊。

"摆摆渡"并不仅限于钞票车票,还有别的。

比方讲,马上要过中秋,或者要过年了,走人家不作兴空手的,总归要拎点啥。而拎了物事再吊车,这难度太高了。尤其1980年代送礼最流行送奶油蛋糕,那就碰着"老生活"了。哪能办?"摆摆渡"呀。头子活络的朋友就会得先跟卖票员打个招呼,把奶油蛋糕从窗口递进去,人再轧上去,再拿蛋糕接转来,这也是一种"摆摆渡"啊。有时车子挤得没法自己拎,举着也不是,那奶油蛋糕就只好一直摆在卖票员的台子上,摆到下车。

这下大家有话题了。"儿时头嗰啊?""奶油嗰还是鲜奶嗰?""奶油崭!""鲜奶崭!""啥人家买得来嗰啦?""哦唷,老大房,灵光嗰。"乃末言话越讲越多。"今朝哪能意思啊,毛脚上门啰?"

"覅瞎三话四,阿拉老早结婚了。""哦,㑊末小人有了哦啦?"好极了,开始人口普查了。

奶油蛋糕"摆摆渡"还不稀奇,小毛头也可以"摆摆渡"的呢。

女子抱着小毛头轧不上车子哪能办?照样"摆摆渡"。站头上,人长得长一点的男同志先拿小毛头从娘手里接过来,举给卖票员,做娘的再拼命轧上去,再抱转来。一般来讲,这小毛头至少自己要会坐,旁边人再挡一把。因为卖票员的手还要推门关门,根本没空。

有一趟,我看到,一个小毛头齐巧瞌着了,自家根本坐不牢,哪能办?卖票员只好动员旁边啥人做做好事,正好有个小爷叔倒蛮热心,就抱了过来。等到做娘的好不容易轧上来,要拿小毛头接转去时,小毛头醒了,一醒就哭,而且死活不肯回到自家娘的手里。也许他认为他刚刚瞌着的辰光是自家娘抱着的,现在要换别人了,他不肯。所以死活抱住小爷叔的头颈不放。看他哭得作孽相,众人只好劝这个小爷叔再抱一会儿。小爷叔倒也没啥。

这下大家又有了新话题。"侬覅看,这男同志抱小囡样子老好的。""人家说不定自家有小人的。""哎,看上去像抱自家小囡一样。""囡囡啊,今朝不跟妈妈了,跟爷叔转去好哦啊?""覅瞎三话四,阿拉女朋友还在天上飞呢。""哦,那真是难得。""侬看呀,这种男小顽多耐心,嫁界伊不吃亏。""倷阿妹有朋友了哦啦?快点留只电话界人家呀。"好极了。相亲节目开始哉。还有呢。"哎,侬看呀,这小毛头只面孔跟这男小顽有点像嘅喏,侬看只鼻头呀,侬看呀。"要死快了,小毛头"摆摆渡"要摆到"隔壁张木匠"屋里去了。再不刹车,等歇要变调解节目了。

我承认,1980年代,轧公共汽车辰光,吵相骂的事体并弗少,不过好白相的辰光也不少。相比现在大家低头看手机,或者一帮老头老太哇啦哇啦怨天怨地,我还是有点怀念当年上海公共汽车车厢里那种上海人特有的生态。

三

有道是，隔行如隔山。所以，很多人挤了半辈子的公共汽车，也许还没听说过"坌坌松""摆摆渡"之类的行话。

其实这一点也不奇怪。

如果我现在问，在公交公司内部，卖票员是如何称呼司机的？恐怕也会有人答不上来。

喊老张小黄，那是很后来的事了。喊绰号？相互之间没那么熟。那喊什么？喊"车头"。也对，司机坐在车子的顶顶前头。反过来，司机如何称呼卖票员？喊"前门""后门"，或者"前卖票""后卖票"。是不是很好玩？

想当年，上海公共交通行业基本上都是"外商独资企业"，如英商电车公司、法商电车公司。能够捧着这个饭碗头，工钿又大，也不坍台，蛮吃型的。

当时华界自营的线路只有一条，老城厢的11路。因为民国路（今人民路）是法租界与华界的交界，而且是以路中心为界的。所以一开始，法租界公董局只允许11路电车开内圈，即顺时针方向。外圈不许开。

外国人开的公司有外国人的管理办法。公交公司里，不像其他单位，碰着同事了，问，侬今朝啥个班？常日班？或早班中班夜班？公交公司是问，侬今朝啥个"车牌"？他们的八小时分两只班头，当中隔开好几个钟头，所以又叫"两头班"。如果你做某个车牌，就必然是开头班车早早班加中班，然后第二天翻早班和夜班直到将末班车开进场，以此类推。要过很长一段时间，才会"翻车牌"，走进另外一个循环。所以，逢到过年过节，休息日脚是不会少了你的，但具体哪几天休，一律请看"车牌"，没啥还价的。

也就是说,司售人员是大轮班的。一个新手上车,不跑个半年一年,你碰到的都是陌生人。除非有人病假事假,别人来顶班,那时你就会听到他们这么相互打招呼:"咦,今朝哪能是侬啦。这么巧,又碰着哉。"

正由于大轮班,陌生人,所以相互很难记得名字。老实讲,相互叫"车头"和"前门""后门"还算是有点面熟陌生的呢。还有更没有色彩的叫法,那就是叫工号。

经常从终点站上车的乘客也许会注意到,"前卖票"上车以后第一桩事体,就是把手里的两块小铅皮插入她座位右上方的两个格子里。一块写"驾驶员"及一个四位数的号码,一块写"售票员"及一个四位数号码。那就是他们的工号牌,接受公开监督。因为司机从另外一面的门上车,他的工号牌就由"前卖票"代劳。

如果相互很不熟,或者有过啥搅轧的,大家就互喊工号。

"哎,5738,明朝我请病假哦,啥人代班我弗晓得。"

这喊号头实在是不好听。我们这一代人听上去,总会想起小说《红岩》里中美合作所提审江姐的桥段。

但他们相互之间喊起来顺得不得了,一点不打轧愣。

这工号不但做成工号牌,天天要挂出来接受监督,还要印在工作服上呢。所以,老上海人称工作服为"号衣"。不特公交公司如此,工厂商店亦然。

"哎,侬单位号衣几年发一趟啊?两年啊?阿拉四年发一趟,侬讲阿拉厂里财迷哦啊?也没介哭逼嗒哩嗰呀。弄弗好了。"

一眼弗错,牢监里也叫"号衣"。不过大家一点也不在乎啊。大多数人穿着它上班下班,弄堂里走进走出。当年穿号衣是老"扎台型"的事体,说明你分在"上海工矿",而不是上郊农场,更不是插队落户。

记得公交公司的号衣是咖啡色的,一般厂里的号衣好像是藏青色的。钢铁厂炉前工和纺织厂挡车工的号衣都是白的。还有一种用劳动布做的,过肩袖,还立领,很时髦。上袋之上还印着"安全生产"四个字,这简直是上海工人阶级的标志。像我们这种"插兄"朋友看了,眼热得不得了。唉,修地球的人,还不如吃官司朋友,连号衣也没有啊。我只好问阿拉阿哥借两天穿穿,走在淮海路上,感觉就像现在穿了阿玛尼风衣一样。真是阿妈了娘哎。

刚刚提到,老底子司机卖票员工钿不低。我有一个老朋友的父亲,1940 年代就在法商电车公司做。改朝换代后,保留工资还有一百二三十元。屋里五六个小孩,日脚还是蛮好过的。他不是场长,也不是高管,就是普通卖票员。

等到 1972 年,公交公司专门招收到崇明农场去的上海知青以后,工资就都是 36 元。这才彻底没有了优势。

言话讲转来,公交公司的生活确实没啥好。

第一个就是不安全。老早做公交司机,被称为"穿红马甲"。别人说,你们开公共汽车的,天天大马路兜兜,老开心的哦。老司机马上会翻白眼:"好啥好,天天穿仔红马甲,还好得出来啦。"红马甲是吃官司朋友穿的。有辰光弄堂里老人看不惯一帮"小敲乱"的做派,也会说:"侬看了嗨,迭种人早晚点要穿红马甲。"

还有一种不安全,是早出晚归。头班车三四点钟出门,末班车十一二点钟回来。有辰光治安不好,比方讲,"敲头案"还没破,一家门侪要急煞。如果是女职工,上班一定要送到站头,夜班再到站头上去接。

其次,是辛苦。我采访过一对公交夫妻。男的是司机,女的是卖票员。结婚没多久,就有了孩子。家里没老人带,怎么办?他们主动去找调度,把两个人的班头调开,你下班正好我上班,这叫"有缝连接"(因为车子会脱班)。我开早班车,8 点多回来,你去上班;你 12 点钟回来,我再去上班;到 4 点钟,再调班。等到末班车进场,老婆回家,老公和孩子早已入梦。那女的对我说,小孩入托要两岁半,那两年半里,夫妻对话的总时间没超过两小时。做爱也是草草。

即便如此,他们还算是幸运的。因为他们谈恋爱的时候,上班辰光绝不讲话。你想啊,一个"车头",一个"前门",不讲言话,咫尺天涯啊。为啥?因为老早外商电车公司有规定,同车司售不许谈恋爱。一旦发现,将其中一个调离。理由是,司售情深会影响行车安全。我们居然也觉得有道理,于是,这项规定一直执行到 1980 年代末。

为啥说他们幸运?因为万一有一方因此而被调到另外一条线路,你们再想要夫妻如何错开班头带孩子,本线路调度就爱莫能助了,你们很可能要打报告去场部了。

吃饭也难。那时,绝大多数司售人员都是自己带饭的。一只钢镹饭格子,菜饭摆在一道。那时还没听说过啥叫微波炉呢。终点站里生个煤炉,不过你就么点时间,其实热也来不及了,而且饭格子也是家里奢侈品,哪能舍得放在炉子上烧。多数情况下,就是热水淘一淘饭,"搋"下去拉倒。节约出点时间,点根香烟,咪两口茶,定定神是真的。

1980 年代,我是看到过他们的年夜饭的。还记得是 56 路终点站,港口。8 点钟敲过,司售人员下班了,调度说好等他们的。年三十夜带饭么,多一只小饭格子呀,多带点菜。还是热水淘饭,没有酒。每个人都热心地把自己的菜一直送到别人鼻子底下,嘴里说:

"阿拉阿婆嗰熏鱼做得老好的,侬搛呀,多搛两块。"

"阿拉老婆烧弗来小菜,不过今朝只炒蛋油摆了老多嗰。"

"八宝饭不好带,我迭嗰是糯米饭,倷侪挑一筷子去。挑呀,勿客气。"

写不下去了。三十多年过去,行笔到此,我还是想落眼泪。

还有更难堪的。

没地方解手。那年头,终点站的调度室里,根本没厕所。也许有些应急手段,但问题是,假使夜高峰时段,到了终点站,调度员不让你下车怎么办?

调度员也是没办法。站台上黑压压的都是等车的人。大站车,直放车,高峰车,掉头车,区间车,所有手段用尽,还是积压了很多人。调度员只好让刚到终点站的车子立即上客开走,报表他来拿他来办他还给你。

"大世界第一站,静安寺第二站,中山公园第三站,快点上去!"

好吧,你的梦想夯太小哦,就想解手,还是成空了。

71路的一个女的"后卖票"告诉我,有一次,她同车的也是女的"前卖票"实在内急难忍,而71路的下客站与上客站之间,就差一个在延安东路外滩的天桥下就地调个头。于是,只好老老面皮,与"车头"商量,尽量开慢点,让"前门"蹲在中门的两格台阶处脱裤解手,"后门"还要负责通报情况。一泡牛水夯太长,"车头"踏了好几脚刹车,才等到"前门"收拾停当,车子再进站上客。作孽啊。

为啥是中门?因为卖票员只在前门与后门。中门若有味道,被质问,她们可以装戆。

有辰光,轧车子的人晓得一点开车子的朋友的苦恼,还可以增加理解。毕竟大家都是要捧一只饭碗头吃口饭的人嘛。

四

一开始讲轧车子,我们就说到过"吊车"的理由:错过这班车,上班就要迟到了。其实,还有一个理由:下一班车不晓得啥辰光来。

那年头,等车也难哦。下巴微扬,脚跟微抬,功架之好,赛过等情人。不过,功架再好也没用,断命车子就是不来。开头大家还都立在上街沿;慢慢的,人一点点立到下街沿来了;再后来,以站牌为顶点,立出一只锐角三角形来,前细后粗,非机动车道全部立满。真是等车难,等车难,啥个"等到花儿都谢了",根本就是等侬等到翻白眼。

小辰光只听说火车脱班,轮船脱班,到了1980年代,公共汽车脱班竟然成了家常便饭。

乃末好,脱班以后到站的第一部车子总归被吊煞,一直吊到后头车子排长队,最后一部可能空得还有座位咪。而且,一站吊,站站吊,一直吊到侬终点站。于是,这第一部站站吊的车子,在公交公司内部,就叫做"当大队长"。后头老是跟着大部队,打头炮的当然就荣膺"大队长"的光荣称号了。

"下班啦?今朝一只面孔哪能介'娑拖'啦?"
"棉花店死老板,弗谈了。圈圈侪'当大队长'呀。"

司机卖票"当大队长"固然苦不堪言,不过等车的人更加苦啊。老弱妇孺,看到你"当大队长"的进站,吓也吓死了,肯定轧不过人家,只好看看。

一边看,一边等第二部。第二部也轧不上,看一会儿,再跑向第三部、第四部,等到奔到最后一部,"大队长"起步了,大家鱼贯出站。最后一部看此情况,也关门起步。你齐巧没赶上,弄到一场空。

一定有人问,为啥车子不等客?因为当年公交公司只考核你一天跑几圈,不考核车票营收,少一个好一个,你乘不上车,管我啥事体。

有一种撮揞朋友,看到你奔过来,还眼睛看着你。等你到门口,咔嚓一声,车门关式。就是要气气侬。如果关得晚了,被你从门缝中轧上来,司机还要嘀咕呢:"喂,前卖票,侬关门素质不来赛嘛。"拿乘客关在门外头还要有素质,你吃得消么。

另外一定有人还要问,为啥后面的车子不超车到前面一站去?首先,无轨电车不在此例,小辫子轧牢的。公共汽车也不超车,为啥?就因为"当大队长"日脚难过啊,谁愿意出头啊?所以,倷今朝运道不好,当了"大队长",只好站站当下去。兄弟爱莫能助。到了终点站,调度会放"大站车""掉头车","大队长"才有可能不再是你。

当年等车难,无非两个原因。

一个车子不够多。偌大的上海只有肇嘉浜路上一家客车厂,发动机和底盘还是计划调拨,他们只负责"敲铅皮",做壳子。

另一个就是道路陈旧,拥挤不堪。东西向稍好。南京路淮海路是"面貌路线",20 路、26 路高峰时一分钟一部,基本不用"当大队长"。延安路不算面貌路线,71 路就堵得多。南北向就不谈了。从东到西,河南路上的 66 路、西藏路上的 18 路、石门路上的 41 路、陕西路上的 24 路就苦了,复兴路、淮海路、延安路、南京路、北京路,只只都是老虎口。人家是主干道,绿灯时间比你长,你急死也没用。

还有一只"老虎口",讲来人人恨。那就是"铁道口"。断命一根毛竹一放下来,客气点三五分钟,不客气啊?四十分钟!脚踏车也"躺枪"。

市区里,最有名的就是共和新路旱桥下和宝山路。郊区一点的,当年有徐家汇、中山公园等。龙华是实实乡下头,不算。最吓人的是 62 路必经的杨家桥,每天早高峰总归有一趟,一拦就超过半个钟头。我曾经在上海无线电十八厂上班,我们有一个车间在祁连山路。那年要搞企业管理,我负责物流管理培训,要到祁连山路去上课。祁连山路车间参加培训的人们开心死了,因为讲课者绝没有可能 10 点以前赶到。先走两盘"四国大战"。

如果硬要算,公交公司在管理上只考核行程不考核营收,可能也算是有缺陷的。

不过,问题是,十几年以后,也就是到 1990 年代末,上海客车厂与沃尔沃合资了，同时也买进大宇的车子，数量不再是短板。公交线路增加到948条，以前是两位数封顶；有的一个站头就有二十多块站牌，竞争态势好像俨然形成。

道路建设更是突飞猛进，"申"字形高架逐渐形成，铁道口也不再是"老虎口"了。

特别值得一提的是，由于众多民营线路的参与，公交系统开始主要考核营收了。司售人员的奖金与车票卖出多少直接相关。

按说，线路多，车子多，乘客的选择就多。公交车开始要抢乘客了。你想，多上一个乘客，就多卖掉一张票。多卖掉一张票，就多一份分成。如此一来，得益的应该是我们乘客了吧。没成想，等车难依然是老大难。

所不同的，只是"当大队长"当出了新花样。有时候更像是"猫捉老鼠"的游戏。

我给他们总结了四个"四字诀"，叫做："先到就堵，后到就卡，客少就拖，车多就跑。"

一句一句来。

第一句，"先到就堵"。

本来，公交管理处规定，停车的标准是，车门对准车牌。"利"字一当头，不对了。车子离开站牌几十米就停了。为啥？要把其他后到的车都堵在更后面啊。乘客一看有辆车停了，立刻百米冲刺，冲到他那里，已气喘吁吁，于是不再选择，就上了他的车。于是他成功地截断了别人的客流。这就叫做"走别人的路，让别人走投无路"。

当年，共和新路中兴路有个报摊，就存心摆在站牌后面的几十米处。因为乘客都在这里下车，买张报纸，老随势的。结果这报摊生意极好。摆摊的老太婆懂经啊。

第二句，"后到就卡"。

你前车堵我,我不能老老实实就范啊。于是,马上来了变道超车。超过你以后,还斜向卡位,让你出不了站。虽然这一站我卡位,不一定能上多少乘客,但我保证了比你先起步,下一站,我也来个"先到就堵"给你瞧瞧。

早晓得,让中国男足到此地来实习,老早就冲出亚洲了。

第三招,"客少就拖"。

万一车少人稀,无车可堵,也无车可卡,那就一定要拖。一步三回头,关门又开门,司售人员口念秘诀:心字头上一把刀,忍啊。任你乘客怎么催怎么骂,我自岿然不动。

第四招,"车多就跑"。

如果站台上已经车满为患,同样无车可堵,也无车可卡,那就三十六计,走为上。电影《南征北战》里不是说过嘛,"不要怕打破一些坛坛罐罐"。一城一池的得失,咱不争。此处玩不转,下站接着干。

以上说到的乱象,毕竟过去了十几年,大家的记忆也许已经模糊。老百姓总是善良的,记仇干吗?

不过我要说句老实话,如果没有地铁的大规模建设,如果没有出租车行业的发展和私家车的增多,公交秩序能不能好转,哪怕只好转到当前这样,我还是存疑的。

我也常到周边城市去走走看看。

我的感觉,至少现在苏州和杭州的公交管理是一点也不输给我们上海的。想当年,全国哪个城市,包括牛气冲天的帝都,哪个没有一次又一次地派人来上海学习过公交管理?尽管我们传的经、送的宝里面,很多都是租界时期英商法商电车公司留下来的红利。

无论如何，当年我们上海公交，在全国"当大队长"是毋庸置疑的。

现在呢？

五

上海人讲，"覅捉牢人家小辫子呀"，意思是，覅去"捉扳头"、覅去"扳车头"，尤其覅去"象牙筷上扳皴丝"的意思。

不过，老早在马路上，经常可以看到无轨电车卖票员在"捉小辫子"。因为这无轨电车常常要"翘辫子"，一"翘辫子"就停，一停"后卖票"就要下来"捉小辫子"。有辰光，不巧还会得轧牢，卖票员还要爬到车顶上去弄呢。还有辰光，卖票员要捉牢"小辫子"先跑一段，再"咔嚓"一声对上去。

看人挑担不吃力。无轨电车的辫子很重，还装着很粗很长的弹簧，很不服帖。而卖票员多数是女的，这是"真生活"。所以，有辰光我们又可以看到，女卖票实在吃不落做，司机下来帮忙的情形。

余亦何幸，齐巧做过一趟专门为无轨电车"捉小辫子"的事体。

那是1984年的10月1号。

从小就觉得很神奇，那么大一个城市，那么多人看灯看焰火，交通管制，平时多如过江之鲫的公共汽车无轨电车说没就没了。等到焰火结束，汽车电车又出来了。

那年，我既然做了记者，又联系公交公司，我就提出要去看个究竟。公交公司很意外，但还是很欢迎。

我是"急煞鬼投胎"，早上8点半，我就到了。

当年公交公司，包括整个公用事业局（煤气自来水都归它管）就在外滩3号的后面办公，延安路外滩71路终点站沿一条小路朝北一点点就是大门。公交公司好像在二楼。当中一只大办公室，摆一张长方形的会议桌,好像还是当年洋行的老家什呢。其他办公桌里,那些很大的,也是当年的"大班桌",还有一些靠背椅和安乐椅(可转动的),一看就是老红木老家什,老早留下来的。

最值得一提的是靠窗有一个小小的隔间,只有十多个平方米吧,里面摆着地图和两三部电话,这在当年可不多见。当年一个副市长的台子上也不过两部,一部本地的,一部可以打外地长途电话的。

专门赶来加班接待我的办公室小贺告诉我,这是公司的总调度室,并向我介绍了他们的总调度王海宝先生。这王海宝真是上海公交公司的一个"宝"啊。人矮墩墩,黑擦擦,香烟瘾头不小,牙齿发暗。最有特点的就是他的那个"沙哑板"喉咙,赛过"麒麟童"。

"麒麟童"就是海派京剧名家周信芳。不过上海人讲,"侬今朝讲言话哪能像'麒麟童'啦",不是表扬侬会唱京戏,而是侬喉咙哑了。

王海宝是个闲不住的人,喉咙沙归沙,还来得要讲呢。满屋子都是他的声音。王海宝告诉我,上半日还不紧张,封路要到下半日3点钟呢。说是这样说,他还是跑进跑出,电话一只接一只打出去,他是要事先晓得各条线路的调度是否已经到岗。看来他也是个"急煞鬼投胎"。

没多久,走进来一个女同志,手里捧着一只大钢鐪镬子,旁边还有一只网线袋(那年头,塑料袋是稀奇货色。记得那些年上海展览中心开展销会,很多人专门去排队领资料袋,一趟一趟排,排来后将里面资料扔掉,拿塑料袋带回家)。大家看到她,都很开心地与她打招呼。原来她是公司的工会主席,如果我没记错的话,她好像姓刘。大钢鐪镬子里,是她从家里带来的馄饨馅子,网线袋里是米店里刚刚排队买来的馄饨皮子。

"今朝中浪吃馄饨噢,我买了三斤皮子,够了哦啊?"

她之所以要这样问,是她事先不知道我会来。

本来,她、王海宝、小贺和另外办公室值班的两位同志,一共五个人,应该是够的。一斤皮子44张,每人至少可以吃到25只。若加上我,稍嫌紧张了。因为那年头,大家胃口都很大。我们家里包馄饨,每人起码25只打底。兴致高的时候,我30只,内子28只。

我只好马上讲,够了够了,我胃口小来兮的。随后,我又毛遂自荐要参加包馄饨,我包馄饨确实蛮像腔的。他们也许觉得,男记者包馄饨不多见,于是,话题很快就扯开去了,像开无轨电车一样。

这是1980年代特有的一种团队氛围,几乎每个单位都会有。大家有福同享,亲如一家。至今想来,仍觉有几分温馨。

包了馄饨下馄饨,下了馄饨吃馄饨,大家还让来让去。吃饱了大家还都打了一个中觉。

"快点眯忒一歇,等歇要紧张了。"

我一听这话,就开始紧张了。他们都是年年见过那种大市面的,唯独我没有。我根本睡不着,手里拿着本书,也根本看不进去。

2点钟,总调度室的电话响了。那电话是时任市公安局副局长、分管交通的崔路打来的。当年,为了保证大家看灯看焰火,市里专门成立了一个叫做"国庆办"的指挥机构。主任当然是副市长倪天增挂名了,具体负责的就是崔路。

这是一个例行电话。通知公交公司,3点钟交通管制,要提前做好准备。2点50分起,各路公共汽车无轨电车一律不准再开进来。哪怕就地停车,也要放下乘客,抛在那里,再想办法。

这件事,讲起来容易,其实很难。

上海人过节,是要拎着物事走人家的啊。西面还好,不封路。东面就麻烦了。比如,中午在南市区亲眷家里吃好饭,吃了老酒又不免多讲了几句话,然后要赶回虹口、杨浦的家,乘的车子只能穿过交通管制区域的呀。若晚了一步,就回不去了。另一方面,看灯看焰火的人们的安全又必须保证,坚决不能放车子进来,连脚踏车都不行。

小贺告诉我,每年都要为这些事情烦不清爽。你就走着瞧吧。

果然,2点半一过,18路调度员打电话来了。

下面的司机卖票员与封路的朋友吵起来了。原因是,封路的朋友为保险起见,层层加码。本来是3点钟,公安局要求提前10分钟,他们自己再提前10分钟,到2点40分就不让18路穿过市中心了。

司机理由很充分:"规定的封路时间还没到。"封路朋友的理由似乎也很足:"侬看呀,西藏路下街沿侪是人,侬开过去,万一出点事体哪能办?人命关天,啥人负责?"然后就僵在那里了。

乘客也帮着司机卖票吵。

"阿拉又勿是看侬噎死人焰火的啰。阿拉要回去烧夜饭的呀,亲眷朋友,两桌人哎。吃不成功,哪能啊,侬请客啊?"

"我刚刚抽空来城隍庙买点五香豆,哦,就回不去啦?我炉子上蹄髈还笃着呢,乃末要笃焦忒了。"

王海宝当即决定,到现场去解决问题。公司调度室只留他一人,办公室当然也要留一个人接电话。小贺与另外一个人马上到现场去。我便提出,我也去,多一个人多一副手脚,总归好一点。

于是,我们三个人,开着公交公司当年唯一的一部吉普卡(平时是只有领导才能用的)出发,幸好公交公司最不缺的就是司机,他俩都会开车。

车子从延安路往西,一过福建路就开不动了,下街沿全都是三五成群、嘻嘻哈哈、步行来市中心看焰火的人。还好我们的车子前窗玻璃上,插着"国庆办""指挥车"的牌子,即便如此,我们车上两个不握方向盘的朋友,还是要将手伸出车窗外,拼命敲车门,嘴巴里穷喊:"对不起,让一让!让一让!"

就这样,不晓得吃了别人多少白眼,车子才开到大世界门口,也已经是 3 点敲过。

小贺也是一个办事极果断的人。他让我坐在车子上,守着对讲机,保持与王海宝的联系。他俩一北一南,分别走到泥城桥和八仙桥,去看究竟有几辆 18 路陷在了人堆里面。

10 分钟以后,他俩才跑回大世界。这 10 分钟,我好无聊。车外还有人围观呢,我赛过西郊公园里的猢狲。我只好拿出笔记簿,把当日此前的一切记录下来。

情况总算弄清爽了。北面,泥城桥以南没有车子;而南面,从金陵路到大世界,有五部 18 路深深地陷在人堆里动弹不得。司机卖票束手无策,乘客有的下车了,有的坚决不下。叫啊吵啊。

于是,小贺立即呼叫王海宝。那一头,王海宝就像早就什么都知道了,马上发出一条命令:拿"指挥车"开过去,当"开道车",把 18 路引出来,引到福州路口。然后直角"挑绷绷",让 18 路转到福州路朝东,到福建路口再直角"挑绷绷",改走 14 路路线过苏州河,到天目路再回原来路线。

我听了,只是除了佩服还是佩服。王海宝,活地图啊,脑子色色清。

我们只有照办。

不过,照办也很不容易啊。直角"挑绷绷",那是要"捉牢人家小辫子"才行的啊。

六

王海宝一道命令下来,我们在现场的几个人只好去"做生活"。正如小贺事先对我说的那样,做过这种现场调度的生活,你才晓得,上海人讲的那句"忙得脚也要掮起来"的真正含义。

要知道,西藏路从福州路到大世界这一段,是当年看焰火的最佳地段。晚上真的放焰火的时候,整段马路都坐满了人,人人屁股下面垫张申报纸呀。所以,即便此刻还只是下午3点多,偌大一个人民广场早就客满,因此,很多走到这一段的市民基本就不准备动弹了,立定,香烟拿出来发一圈再讲。想要他们为堵在人堆里的18路无轨电车让道?太难了。

小贺很有经验。他说,我们先把五部18路连在一起。

于是我们三个人就走到两部电车之间,一面好言劝说大家让路,一面眼梢薉薉(huo),示意司机要学会得寸进尺,逼一逼路人。后来其他电车上的卖票员也下来帮忙,总算把五部18路连成了一条龙。要晓得,上海10月初还是蛮热的,我早已是上衣尽湿,可惜那时的人们还不懂啥叫湿身透视乃至露点的时髦。

然后我们再把"指挥车"倒到第一部18路前面。只留一个司机在车上。小贺和我,就在车前开道,基本靠吼:

"来,大家让一让,让电车开出去,大家好看焰火。靠边点,再靠边点。"

电车上的司机、卖票员以及乘客也都帮着喊,还拼命用手敲车身的铁皮,闹猛极了。

就这样,像蚂蚁爬一样,总算爬到了福州路口。真正的"老生活"还刚刚开始。

从西藏路到福州路,要直角"挑绷绷",就需要电车先踏足电门猛开一段路,然后右转并且方向要打死;同时,车子后头两个人,一人拉一根小辫子,在恰到好处时拿小辫子拉下来,再跟着电车奔一段路。等到电车像经过"漂移"那样横过来,再把小辫子搭在与原来南北向电线垂直的东西向电线上来。电接上了,电车才能继续行驶,逃离人堆。

这个动作的难度有两点。

一个是,电车前面至少要清出10米的距离供它加速,而且要留足转弯的空间。另外,电车后面也不能有人,好让拉辫子的卖票员跟着司机做"漂移"动作。

西藏路福州路口,赶人更难了。这可是等一歇看焰火的黄金地段啊。很多人怕我让了,电车也开走了,结果原来的地方被别人占了,所以有些犹豫。我们既不是他们的祖宗,也不是他们的上帝,命令不了,也承诺不了。除了劝,别无办法。

这一下,除了"湿身",还要"失声"。喉咙也喊哑了。还好不需要"失身",总算还是可以接受的。

每部电车直角"挑绷绷"的时候,总归是司机开车负责"漂移",两个卖票员负责拉小辫子。我也是"显甲甲",看到拉小辫子的都是女卖票,就自告奋勇硬劲去代替她们。

这就叫,"不拉不知道,世界真苦恼"。电车的小辫子重啊!而且还活里活络,东摇西摆,准时拉下来还好,跟着跑时,重心太难掌握了。结果是,人家女卖票倒是一枪头接牢,而我老早就脚花乱忒,七对八对,还是没对准,翘了辫子。只好再立定,再拉下来,再接牢。

旁边看闹猛的人屏不牢了,要讲了:

"这戴眼镜的啥人啊?生活不灵光嘛。还不及人家小姑娘嗒。"

"侬看伊一副腔调,平常肯定坐机关的。这种人啊,就是要好好叫到基层来锻炼锻炼。"

小贺还想替我解释呢,我连忙摇摇手:"勿响。人家讲得对,我是缺乏锻炼。"

好在1980年代的人,虽然也自私,总算善心未泯。况且这种闹猛大家也觑见过,总算还蛮配合。

五部18路电车终于开到福州路上,一直开到福建路口。我们的"指挥车"就跟在它们后面。福建路口,人已不多,同样直角"挑绷绷",难度就不大了。我们三人就坐在车子里吃香烟,也不用下车帮忙了。本来,我还想再去帮他们拉拉小辫子,小贺劝我,你就别下去现世了。

等到我们估计他们的车子过了苏州河,我们才回到公交公司。

吃力啊。几十年后,我也想不起,那天下午,我回到公交公司以后做了些什么。晚饭据说是在食堂里吃的，节日里每个单位都有"红纸头"加餐券，都很丰盛，但吃了点啥，我都记不得了。估计我是吃力得睡着了。

等到我醒转来，就听到王海宝一个人的声音。原来，焰火快要结束了，他正在提前通知人民广场附近的车队，蓄好车子，每个站头至少在一刻钟内能有五六部，好疏散人流。

我连忙起身，问小贺，还有什么事体要帮忙出动的么？我也去。小贺摇摇手说，用不着了。你就等着听王海宝的"独脚戏"吧。于是，我们就坐在中午吃馄饨的那张大桌子前，倾听总调度室里传出来的"麒麟童"的唱腔。

焰火结束以后，第一部分人是步行离开的，车子也开不进来。再说，看焰火看灯，大多数是青壮年，没啥老头老太。而且，大家还意犹未尽呢，很多人还要再走到外滩去看灯呢。

到9点半，公共汽车无轨电车恢复通行。人民广场周边地区也还好，等车时间虽略长，但秩序没乱。王海宝居然也有空，走出调度间来发了一圈香烟。

到10点敲过，外滩有情况了。

42路和48路终点站打电话来，讲北京东路外滩站头上积压了将近1000个人。王海宝胸有成竹，打电话给55路车队，叫他们派四五部长龙车从外白渡桥对面开过来，换成42路或48路的车牌来解难。一刻钟以后，那边打电话来说，不要再支援了，车站上仅二三十人，阿拉自己可以应付得过来了。漂亮吧。

公交公司门口的71路终点站也曾发生一点小情况。也许是因为离得近，平时相互之间太熟悉了，我就听到王海宝在教训那个调度：

"侬不会放车子嘛。第一部，直放静安寺再站站停；第二部，大世界、静安寺、中山公园；第三部，站站停；第四部再直放大世界。侬要夹花的呀。死板板哪能来赛。"

我就看到小贺他们听了以后在偷笑,反正我是听得云里雾里。只觉得,在上海做公交调度,要有大智慧的啊。反正我是吃不落做。

到 10 点半,意外情况真的出现了。不晓得为啥,淮海路陕西路口的 24 路站头居然还积压了三四百个人,什么情况?

王海宝也顿了一顿。然后马上打电话给 23 路调度,叫他们派几部车子在武定路西康路直角"挑绷绷",支援 24 路。对面电话问,支援没问题,支援完了怎么办?王海宝就讲:

"那还不便当。喏,先迭能,再伊能,再伊能,再伊能,不就回去了嘛。"

他说的那些地名,我根本记不住。但王海宝太老卵了。我真的是一生一世认得伊。

那天晚上,我久久不能入睡。本来,我并不怎么看重公交行业的,觉得他们很普通。突然我有了内疚感。我决定,明天一定要把这段经历马上写出来,从电台发出去。

第二天一大早 6 点多,我就坐 42 路到电台去写稿子。北京东路外滩终点站下车时,我看到两棵树上,吊着两只大箩筐,里面装满了各色各样的鞋子,多是单只的,估计都是昨天看灯的人被挤掉的。再看外滩的地上,上街沿下街沿,没有半点纸屑、一个烟头。

却原来,阿拉上海是有着交交关关像"王海宝"那样的"宝",付出了"脚也要掮起来"的努力,在为我们守护着节日之夜啊。

我突然有了想跟着环卫工人再一起过一个节日之夜的念头。

中百一店小别，我也来讲两句

扫一扫，有名堂

那个礼拜日的夜里，南京路西藏路口的中百一店宣告了与这座城市的小别。吾友"老周望野眼"阁主我尊敬的周老师已经发表了大作。他的好友，也是我曾经的同事赵叔荣大师特特会会赶得去拍了一组照片。满地的纸箱、空荡的柜台，和一丝不挂无所措手足的人形模特。

同时，网上也是各种惜别。

其实，何惜之有。大世界空关十几年，大家生活中都没觉得缺了些什么。中百一店一百天不开门，湿湿碎啦。

既然是"娱乐至死"的时代，消费消费曾经的零售业老大也蛮好白相。那就讲一点它的小故事吧。

街名堂 67

一

首先,侬叫伊啥?我的父母辈一般都叫"中百公司"。

"大新公司"太远了。1936年造好时,他们读小学;1950年更张时,他们忙于找饭碗。市面一记头跌下来,多少中小店铺厂家难以为继。大家自顾不暇,各找生路。兜南京路?兜"大新公司"?侬麀"开我大新了"。没空。

我们这一代,一直叫伊"中百一店",淮海路上的叫"中百两店"。大多数人到老也改不过口来。啥人叫一声"中百公司","哦唷,朋友冒充老克勒嘛"。

后来开始要叫"市百一店"了。因为人家不开心了。"中百一店"啥意思?全国老大?无论如何那不应该是王府井么?自己的位置吃吃准!僭越,要吃苦头的哦。

有一段辰光,流行全称。叫"上海市第一百货公司",挨一挨二挨下去,一直挨到曹杨新村的"上海市第十二百货公司"。我最恨全称,本来认得的汉字不多,记性又不好,谁背得下来。曾记否,1970年代,路边随便一家小小工厂,大门口至少也有两块长长的牌子,一红一黑。字都写得"席席扁",至少廿几个。黑的从"中国"或"上海"两字起,以"革命委员会"结束。红的则从"中国共产党"起,中间省略××字,以"支部委员会"结束。

不过,不管它叫什么,反正,从小听大人讲,阿拉上海人从来不去那里买物事的。女装淮海路,男装南京西路,杂货城隍庙,便宜货四川路。再不来赛曹家渡。

再后来又叫过"第一百货"。据说是某个广告人的策划。可惜晚了。因为那时候,上海时髦人心中的"第一百货"是"美美百货"。没在"美美"买过衣裳的,你都不好意思说你自己是外企的,赚大铜钿的。是呀,钞票赚得来做啥?是要等到黄梅天过了晒霉的么?

"美美"也只做了几年庄,很快就被"太平洋""巴黎春天"取代,最后落在了南京西路的所谓"金三角"梅泰恒(梅龙镇、中信泰富和恒隆)头上。反正,"第一百货"一直没被真正叫响过。

二

很多人都提到了中百公司的自动扶梯。亚洲第一?但好像都漏了两个细节。

我小时候去玩过。一楼到二楼、二楼到三楼都有。开始不要钱,乘到高头又跑下来,乘到高头又跑下来;后来,人实在太多了,先关闭二楼到三楼的,再收费。2分、3分,一直到1角洋钿一趟,有一张小纸头给你。

另外一个细节就是,那滚动扶手外侧的护墙是木头的,像家具一样涂着淡黄的漆,还上了"腊克"。那时候,国内只有"立法玻璃",没有"浮法玻璃",且玻璃长期供不应求,强度也远远不够,只好用木头。

顺便说一下,上海小囡去白相自动扶梯,不仅仅是为了好奇。进去出来辰光,不绊跤,才不是"阿乡"。所以要先练练功夫。

三

1970年代,我在乡下插队。

闲来无聊时,就编故事讲故事消遣。除了大家熟悉的《南京大桥爆炸案》《梅花党》《一双绣花鞋》《第二次握手》等,就要算关于中百一店的传说了。

说的是,公安局抓到一个"铳手"(小偷、扒手),号称"八级钳工"(钳,是用手指把人家袋袋里的皮夹子钳出来的意思)。开始就关在看守所里。后来发生另外一只案子,有一样重要情报不见了,坏人逃入中百一店。茫茫人海,哪能办?于是就把中百

街名堂 69

一店"封锁"起来（即半小时内只准进不准出），放他进去。结果据说，一刻钟伊就拿这样重要情报"铳"回来了。估计当年，阿拉捉特务的电影看得太多了。

既然只是传说，那就不必去考证了。

四

后来1992年，中百一店又被"封锁"了一次。也是半个小时内只准进不准出。这一次不是为了拿什么情报，而是邓小平邓大人来了。他老人家不光想看看（或叫视察视察），还要买点物事。啥物事？给他孙子买几支铅笔。

乃末忙煞。人家全国劳模马桂宁明明是二楼卖布的，也生生地调到一楼，站文具柜台。因为其他人好像没资格卖物事给邓大人。

总算那时候还不流行"清场"。就像他去爬黄山，最高规格只是在他进山后，四小时内不放人上山而已。复旦那几个女生，纯属贪玩，走得太慢了，硬让小个子给赶上了。

五

中百一店好像有过两次"危机感"。

一次是它的对面开出一家"精品商厦"，卖的东西和它一模一样。说穿了，就是黄浦区要分它的蛋糕。这种竞争我当然不欢喜，所以我虽然与精品商厦第一任老总很熟，却没帮他宣传过一次。几年后的一个圣诞夜，那位老老总终于屏不牢了，趁着酒劲当着很多人的面，对我"现开销（cash）"："我待你不薄吧？可你一次也没吹过我。"当时我不假思索地就立刻一句顶了回去："你这种开店法，我没写你的批评报道，就已经算给足你朋友面子了。"

什么结果？当然是"一豁两响"，再不来往。

中百一店与精品商厦为了"别苗头",还打过一次"广告战"。

精品商厦先出招。请了高手,拟出一联:"叩开名流之门,共度锦绣人生。"

中百一店很快拿出应手,是一段歌词(记忆未必精准):

你有家,我有家。
我们都有自己的家。
建新家,换旧家,
到中百一店寻找你的家。

一时间,社会上叫好的人很多,觉得都有创意。

于是有人让我评价评价。我是一个不会说谎话的好孩子。

我说,听上去哪能都有点让人"吓势势"的呢?会不会有歧义?听豁边?

前者想讲,它卖的都是名牌。不过,一般人眼里,名流不就是大款或大腕么?你叩开了他们的门,还要共度?嫁给他?

后者想讲,凡家里需要的物事,它那里都有卖。不过,前两句听上去,你我本来都有家庭的,好好叫为啥要换掉?还要到此地来换?也是极容易被听歪的呢。

精品商厦关掉,我一点也不可惜。可惜的是把那么漂亮的法国总会(一度曾是黄浦区少年宫)的房子拆掉了。

六

它的第二次"危机感"出现在1995年9月21日。头天下午,斜对面"新世界"开张。当晚,南京路步行街开通。因为这两条消息都是我去报道的,参加这两项揭幕活动的市领导也是同一个人孟建柱,所以我记得特别牢。

开张只是仪式,真正的PK在第二天。这其实是又一次黄浦区与市商委抢分蛋糕而已。

不过据说那天，市百一店的 Z 老总好不紧张，甚至请来了当年闻名海上的 C 大师，让他帮着预测。C 大师说，不怕，今天的营业额，你会比对手高三成。到当晚盘点，果然差不多。Z 总由此十分佩服 C 大师。

其实，大师说的就是"水涨船高"的意思而已。

顺便说一句，头天晚上，南京路步行街开张，第二天一早，我打电话问了一下当晚步行街的总营业额。被告知，人均一元五。相当于每人吃了一根大雪糕。

"大家主要是看热闹呀"，电话那头解释说。

这句话，放到今天也合适。

荣昌祥、中山装、奉帮裁缝：中百公司原址的故事

扫一扫，有名堂

还是拿"中百公司小别"来当由头。

老上海都晓得，四大公司中，中百公司大楼，即原大新公司造得最晚。1917年就有先施，第二年有了永安，1933年再有了新新，三年后才有了大新。

不过，大新公司的十层楼没造的时候，亦非一片荒地。早在辛

亥年之前，那里就有了一排三层楼的沿街面房子，转弯角子也是弧形的。

2013年，我的一位朋友曾雄心勃勃地想做一套南京路（花园弄）170周年的纪录片，我有幸参与了前期筹划。此项目虽因故流产，但我还是从中捞到了不少珍贵资料。

比如，1910年时，南京路西藏路口转弯角子上的一排门面，租给了一个叫王才运的宁波奉化人，他开出了一家几乎是上海最早的有些规模的前店后工场式的西装店，名字就叫"荣昌祥"。

王才运的西服手艺是跟他父亲学的，而他父亲的西服手艺则是东渡日本学得来的，也算是海上第一代"海归"了。

王才运13岁初到上海时，是在烟纸店做学徒。后来父亲回国，才跟着父亲做裁缝。

做裁缝他也不安分。

人家做裁缝，弄堂口或者家里后客堂甚至亭子间摆只摊头，坐等人来，所谓"姜太公钓鱼，愿者上钩"。直到一百年后的现在，沪上还有不少这样的裁缝摊。

王才运做裁缝，不做坐商做行商。人称"包袱老板"。啥意思？就是手里拿只包袱，里面摆点料作，到处跑，主动到需要做西装的顾客屋里去当场量体裁衣，再送货上门。

这样一来，他赚到的钞票肯定比坐商多，据说他的"第一桶金"就是这么捞来的。同行说他"包袱老板"，绝对有嘲嘲他的意思。因为一般裁缝师傅不称老板的，生意太小了嘛。生意大的才能称为老板。而他这个老板又不坐写字间，而是拎只包袱到处跑，是为"包袱老板"。

有了"第一桶金"，王老板曾在别处租过一间店面，开了一家西装店，店名叫做"王荣泰"。"王荣泰"生意越做越大，王老板就动脑筋要"搞搞大"了。

当时，中百公司原址的街面房居然是空关着的。打听下来，地皮是犹太人哈同的，房产是沪上闻人，人称"阿德哥"的虞洽卿的。也对，如此黄金地段，也只有大亨才玩得起。还好，阿德哥是阿拉宁波同乡。王老板便亲自上门去求。据说阿德哥讲，空关也是空关，就借界侬拉倒了。开价不高，好像只有几万银洋钿。王老板一时现钞不够，一个叫潘瑞璋的浙江慈溪人帮伊轧了点头寸。慈溪也算是宁波同乡。

搬到大马路，王老板把店名改成了"荣昌祥"。地段好了，规模大了，生意当然一直不错。

不过，真正让"荣昌祥"名扬海上，是因为王老板做出了第一件"中山装"。

据说，辛亥那年，孙中山先生曾托人在"荣昌祥"定制过几套西装。大概觉得穿得蛮适意，于是，十年后（具体年月日已不记）的一天，孙中山亲自来到"荣昌祥"，当面表示感谢之余，叫随从人员打开一只带来的盒子，里面是一套衣裳。孙中山讲：

"这是我从日本带回来的一套日本陆军士官服，我想请你们以这套服装为基本式样，然后再根据我的设想和要求，做一套衣裳。"

孙中山先生的要求，流传得很广了。
直翻领，表治国严谨；
四贴袋，表"国之四维"，即礼、义、廉、耻；
袋盖笔山形，表重视知识分子；
五粒纽子，表五权宪法，即行政权、立法权、司法权、考试权、监察权；
袖口三粒纽子，表三民主义，即民族、民生、民权。
背片不开缝，也有讲究，据说表和平统一之大义。

因由孙中山先生亲自设计，故称"中山装"。而第一件中山装，就是在中百公司原址，"荣昌祥"西装店里做出来的。"荣昌祥"亦由此声名大振。

王才运做生意门槛精,做人倒很"四海"。学生子成才了,要自立门户,一律放行,从来不"狗皮倒灶"。

来看看下面这份名单:

王才兴、王和兴(两兄弟,奉化王溆浦人),开设王兴昌呢绒西服号于南京路807号;

王来富(奉化王溆浦人),开设王荣康呢绒西服号于南京路815号;

王辅庆(奉化王溆浦人),开设王顺泰呢绒西服号于南京路791号;

王廉方(奉化王溆浦人),开设裕昌祥呢绒西服号于南京路781号;

王士东(奉化王溆浦人)、周永升,合资开设汇利呢绒西服号于南京路775号;

王正甫、王介甫(两兄弟,奉化王溆浦人),开设洽昌祥西服号于广西北路346号;

王继陶(奉化王溆浦人),开设汇丰西服号于静安寺路429号;

孙永良,开设顺泰祥西服号于贵州路;

王增表(奉化王溆浦人),开设开林西服店;

王丰莱(奉化王溆浦人),开设王荣康西服店于重庆路。

还有两个徒弟改做皮鞋生意,也照样放生。

王庆(奉化王溆浦人),开设中华皮鞋股份有限公司于南京路河南路东首;

周毓孚,开设华东皮鞋店于南京路777号。

一看名单就晓得,这些人多是王老板的同乡甚至亲眷。而且,他们的西装店也大多开在南京路上,讲不抢生意是不可能的。

　　有一点令人感慨,那就是,后来南京路再也没有同时拥有过这么多西装店。而且"荣昌祥"出来的,家家生活灵光。

　　以上这些,还是"儿子辈"的。后来徒弟也效法师父,徒弟的徒弟翅膀硬了也放单飞。于是又有了:

王克敏开设的敏泰西服店;
王五芳开设的大方西服店;
王和生开设的伟勃西服店(即后来的黎明服装店);
王汝定开设的慎昌西服店(即后来的人立服装店);
邬荣富开设的英伦西服店(即后来的景华服装店);
金明德开设的天昌祥西服店;
孙德生开设的东兴西服店;
邬绥北开设的邬复昶西服店;
罗潮维开设的天兴昌西服店;
林天石开设的志翔服装厂。

　　而且巧了,这些店也大部分开在南京路及附近的支马路。

　　现在你知道了,他们都是奉化人。所以,上海滩上最会做西装的人叫"奉帮裁缝",而不是"洪帮裁缝"或"红榜裁缝"。洪帮做裁缝去了,那黑社会岂不都成了清帮的天下了?

　　这些"奉帮裁缝",据说都是王老板亲自到老家去觅得来的。刚来时,也不过在"荣昌祥"帮王老板照应照应店堂,扫扫地,揩揩灰,泡泡开水。"荣昌祥",铺面是商场;二楼前半部经营呢绒批发,后半部是裁剪间、配料间、工场间;三楼前半是工场,后半是职工宿舍。

　　后来,"荣昌祥"真的市面越做越大。不光做西装、做呢绒批发,还兼营衬衫、羊毛衫、领带、领结、领带夹、呢帽、吊带袜、皮鞋等。

到 1926 年春天，王才运把"荣昌祥"交给外甥女婿王宏卿经营。其他在沪资产企业统统分光，告老还乡。回乡后他仍做些善事，比方修路。五年后，即 1931 年返归道山。

一定有人要问，最后"荣昌祥"去了哪里？答曰：1959 年 9 月并给了春秋西服商店。

我常常想，如此一部西装"春秋"，春秋西服商店哪能吞得下去。

另，王宏卿于 1972 年过世，享年 73 岁。

三间头,六间头,九间头,都去哪儿啦?

扫一扫,有名堂

上个礼拜,去大木桥路那里看一个朋友。好久没去了,真有点不认得了。清一色的高层住宅,底层各种店家五颜六色,人来人往。这样的场景,既熟悉到毫无感觉,又陌生到毫无感觉。

尽管如此,出来的时候还是在附近走了走。到斜土路口,西北转角上,原先的布店、食品店,好像还有小百货店,早就没了踪影。眼前就是一个毫无特色的高层小区,名字倒蛮好听,"金色港湾"。

我明明记得,这块地方叫"九间头"。我们十几岁的时候,"九间头"的名气大得很。一帮小青年天天打相打。一听说,某人是"九间头"出来的,一般人要吓得倒退三步。

各个弄堂口经常隑着一些头发又长又乱、中山装最上头两粒纽子永远不纽、嘴巴里香烟呼呼的朋友,三五成群。小姑娘经过,宁可绕到对马路去走,否则,一定会被"热情问候"一番。

我晓得"九间头",是因为"九间头"里出了一个"大乌枣"。早年失学,当时叫"社青",即"社会青年"。为啥绰号叫"大乌枣"?要么长得又黑又胖?没考证过。反正当年也是一个人物,"几进宫"的朋友。到1970年,终于被扫地出门,发配到江西插队,跟我在一个乡(当年叫公社)。

"社青"变"知青",总归不大像。因为我们下乡时才十六七岁,高中生也不过20岁上下,"大乌枣"下乡的时候已经二十五六岁了。

他一来,就在当地知青中有很大的名气。一个当然是他在"九间头"的名声,另一个他的牌打得特别好。当年上海流行"大怪路子",其风靡程度,一点也不输给现在的"王者荣耀"。男孩子不会打"大怪路子",连朋友都没有。

说"大乌枣"的"大怪路子"打得好,是因为他记牌算牌很准,号称可以算到10。也就是说,六个人三副牌162张,10以上的"老人头",出过几张,还剩几张,在谁手里,他永远一清二楚。

他的"传世杰作",就是想了半天,突然把三张J往桌上一扔,口中说道:"外面的大牌只有一个小怪(今称小王)和两张Q,但又不在一个人手上,所以我赢了。"一家抓三家。这三家把输了的牌摊开来,一家有小怪与一只Q,还有一家有一张Q,果然是分家的。由此,"大乌枣"一战成名,在"大怪路子"界简直是独孤求败。

不过,他到了江西乡下,也算是"虎落平阳"了。我们这些自以为"大怪路子"玩得不差的朋友就要去找他切磋切磋了。一开始，真的去一趟输一趟，后来慢慢也就互有输赢了。而在知青圈里，"大怪路子"赢过"大乌枣"，那是多大的名气，简直就是围棋九段、跆拳道黑带啊。

其实，那些牌局不值得多谈。"大乌枣"的为人做派也相当有个性，与众不同。记得我们第一次去见他，他非常客气，简直大方到豪爽。袋袋里拿出一包上海带来的"大前门"，"嚓"的一声横开门，即从旁边撕开。这是一个标志性动作，发香烟会得"横开门"的，才算是道上混过的。然后，不是抽出，而是抓出一把香烟来散发。

"来来来，吃香烟，一人两根，拿好拿好。"

在这之前，以及以后至今五十年，我再也没见过香烟两根两根发的朋友。

于是，我们说："急什么？一根一根吃，发两根做啥啦？"

"还有一根夹在耳朵上，等歇吃呀。"

弄得我们一时很激动，大家争先恐后地承包了后面的全部发香烟，一圈接一圈，总觉得不能欠了他一发就是两根的情。

后来我们才知道，他两根香烟发好以后，大家再也吃不到他的香烟了。他永远"自摸"了。原来是"将欲取之，必先予之"啊。

好极了。高啊！几十年以后，我还觉得，这种香烟两根一发的做派有着一种"海派的狡黠"，别人学不来。

扯得太远了。说回"九间头"。

查地方史，所谓"九间头"，不过是一个叫张阿毛的人在二战时期在这里造了一排九间砖木结构的简易瓦顶平房，方位大致在后来的斜土路1451弄到1491弄之间。而且，到1944年，二战还没结束，张阿毛就把"九间头"转手卖了。从此，"九间头"徒留其名。

不过，为什么"九间头"的名头可以留这么久，直到1980年代乃至1990年代呢？我以为，很可能，"九间头"是那一带第一批像样样的房子吧。须知，肇嘉浜两岸，当年都是低矮破败的草棚棚，被称为上海的"龙须沟"。一排九间，砖木瓦顶，自然是"弹眼落睛"，过目不忘，口口相传了。按现在的说法，也好算是"地标性建筑"了。

无独有偶，当年与"九间头"隔浜相望，还有一个"五间头"呢。

"五间头"的方位大致在当年的建国西路356弄。据说是1933年由一位黄姓朋友所造的。这"五间头"据说不是排屋，而是五幢砖木结构的两层楼房。原因无他，因为这位黄姓朋友生了五个儿子，一家人家一幢。这放在现在也可以算"海外大奇谈"了。漫说当年，肇嘉浜边诸多矮平房草棚棚之中，这"五间头"简直是鹤立鸡群啊。而且，站在"五间头"的屋顶，一定可以看到对岸的"九间头"。

"五间头"据说是1984年被拆掉的。现在，这里是一个公共厕所，上面很诡异地贴着两块门牌，一块是354弄，一块是358弄，唯独没有了356弄。

"五间头"彻底揩汰。

其实，像这种"几间头""几间头"的叫法，上海各区都有吧。最多的是"三间头"。到处听人讲"啥人住在'三间头'"。我也精力有限，查不胜查，就不讨论了。即便是"多间头"，我也只查了徐汇区的，只因为我生在徐汇区，从小在那里长大。

不查不知道，一查吓一跳。

徐汇区除了"五间头"，真的还有"六间头""七间头"和"八间头"。而且都在老虹桥路上。

现在的新虹桥路，犹如"黄河夺淮"，生生地把一条徐镇路吃掉了，甚至吃掉了整个徐镇。老街也没了。而老虹桥路东段变成了广元西路,广元西路两边也基本重新翻造过一遍了。

那日秋雨中,我去踏看了一下,原来的"六间头""七间头"早已夷为平地,正在准备起高楼呢。"八间头"在马路对过,也成绿地了吧。

附近风物,荡然无存。唯一还有点记忆的,就是徐虹北路广元西路口(原虹桥路),老早这里有一个很大的公共厕所,天天早上,几十个马桶一道刷。声音闹猛啊。

"六间头"和"七间头",都在原来的虹桥路192弄。

"六间头"造于1930年代。建造者分别姓施姓姜姓高,是一排六间砖木结构二层楼房。1958年大炼钢铁,"六间头"曾建有高炉设备,还铺过运矿石的铁轨呢。

"七间头"造得晚些,在二战时期。是砖木结构的瓦顶平房,每间只有10个平方米。当时居民在这七间小屋里土法上马,造马粪纸。

"八间头"造得最早,1920年,有何姓人家在此建造了砖木结构的简易平房一排八间,占地334平方米。1958年,四间作为上海绒毯三厂厂房,1970年又改为上海被单六厂厂房,其余四间仍为民居,到1985全部拆光。

我对这"六间头""七间头""八间头"还有印象,是因为1979年我在徐汇中学当代课老师,要去家访。而我的学生绝大部分就住在徐镇路与虹桥路之间的棚户区里。徐汇中学有个后门是开在徐镇路上的,现在成了正门。

每次家访,拿到地址就发怵。什么甲支弄乙支弄,一只门牌号头再分甲乙丙,只好一路问过去。

那些学生家长也不容易对付。有一次,班上有学生旷课,我去家访。结果是,他父亲厂里工会发了下午场的《流浪者》电影票,他父亲一心想利用这个机会搓半天麻将,又怕工会干部在电影院里点人头,就叫他儿子去看电影,不让位子空着,太明显。这种事情也会有。我真的路道粗。

徐汇区最多的"间头"叫"十二间头",就在天钥桥路69弄里。原来是1200平方米的荒地,1952年,大中华橡胶厂的工人在此自建了12幢砖木结构的二层楼房,没啥批文的。这在当年的徐家汇,算得上是大事件了。1985年被拆除。现在,天钥桥路69弄还在,门口一家水饺店。

或问,上海更早就有了许多私人花园住宅,里面少说也有几十间房间,租界里的老式新式里弄也都是排屋,何以,这些"间头"的名气这么响?

其实道理也简单。你花园里房子再多,外面看上去,还是"一间头"啊。石库门弄堂一排连一排,大同小异,多了就无特色。

只有徐家汇地区、肇嘉浜两岸,当年属城乡接合部,很多还是村落,上海人习惯叫"张家宅""李家宅""王家宅"等等。宅里人家的房子一般都错落有致,从来不排队。

更重要的是,围绕那些"几间头"的,都是成片的棚户区。当年来上海工厂打工的几百万劳动人民基本都住在那里。人多啊,众口铄金。你怎么挡得住?

老名堂

谈谈电影《罗曼蒂克消亡史》里的上海话及其他

扫一扫,有名堂

2016 年年底,一部叫做《罗曼蒂克消亡史》的电影上映了。里面大部分台词是用上海话来讲的,这无疑引起了上海人的极大兴趣。我看的那一场,影院里罕见地出现了为数不少的本地老头老太,而非清一色来自五湖四海的青年男女。

导演程耳对此的亲口解释是:我要找到"年代感",没有比上海话更合适的载体了。我相信这是真话。即便是个漂亮的借口,也漂亮得丝毫找不出破绽来。

其实,电影台词讲上海话,非从程耳始。两年前姜文的《一步之遥》中,王志文就说过一大段。那也是极为精彩、深得真传的。

来看看观众对上海话台词的反映。

当然有很多说好的,有的甚至欣喜若狂。也有说不好的,这三十年来,最不缺的就是仇沪主义情绪,至少有八九亿是"自带干粮"来仇的吧。

吾友横戈是个明白人。他的观点是,没必要。非沪者听不懂,本地人又觉得不够像,两头不讨好。

还有一种看法,觉得是"糟践"。而且,反正上海、上海人乃至上海话一直在被"糟践",多这一部电影亦无妨。

至于我的看法,这只不过是一次上海话的追悼会或追思会。既然是悼词或挽歌,那里面总是颇多溢美之词。就像这部电影里的上海话可以说得如此清嘉。

我不是第一次说这样的话。

两年前,上海电视台纪实频道做过一个《闲话上海滩》的沪语脱口秀节目。制片人小金把我叫去时,我就说,电视台终于要为上海话唱挽歌啦。后来讨论样片的选题,定了上海早点的"四大金刚"。我又说,这是给"四大金刚"开追悼会。我还记得,小金听后笑了。我便又补充道,无论你做什么选题,都是为某种上海现象或某些上海习语开追悼会。

即如2016年春上,我写了《梦回淮海路最后的街角》,至今点击量超过100万。我心里也很清楚,这亦是为淮海路的昔日繁华写的一篇悼词。不信,去看看至今还在的那些留言。能显示的上限是100条,后台还有四五千条,哪一句不是充满追思之情。

言归正传。

来看看电影《罗曼蒂克消亡史》里的上海话。

首先,大概没有人会怀疑导演在上海话台词方面的用心和用力。生生地按着那么多大小腕儿学上海话,已经空前绝后。我敢断言,以后不再有人做得到。

因此不乏各种精彩。比如"童子鸡",比如"比脚",比如王妈,比如四马路的女子。演黄金荣和张啸林的说得也还不错。每每及此,影院里都发出了毫不掩饰的爆笑。特别是用上海话讲到男人的"家什",影院里爆发出来的笑,几乎都是尖亮的女声,声震屋瓦,毫无忌惮。看来她们是真的喜欢。

吹毛求疵地讲,上海话说得略略逊色的就是男女主角:章子怡和葛优。老实讲,这次对角色理解有偏差因而演得最不尽如人意的也是这两位,允我稍后详述,这里先不展开。

我也丝毫不怀疑男女主角的努力,他们肯定想说到最好。之所以怎么说也说不到最好,原因无非两点。一是北京大妞和北京大爷心里天生的那股子别扭劲;另一个,就是本文的重点所在:从导演到男女主角,他们也许根本不知道,上海话向来是分两种:"上台面"和"不上台面"的。

这么一讲,也许大家就会明白,为什么"童子鸡"、"比脚"、王妈和四马路的女子讲的上海话有这么大的共鸣了。说到底,这些上海话基本都可以归属于"不上台面"的上海话,充满市井气,既俚且俗。弄堂里,大街上,处处可以听到。你平时不讲,也由不得你不被耳濡目染。一旦土壤温度合适,比如与陌生人吵架了,比如闺蜜相遇了,比如同学会了,谁都难免会脱口而出。怪不得王传君一句即兴的"册那",立即引来满堂彩,风头盖过赵本山。

当然,也还是有区别。比如,四马路的女子也有只讲"上台面"的上海话的,不过那是百年前"长三堂子"里的"女校书"。再比如,大人家的管家也多半会讲一点"上台面"的上海话的,因为她有需要"上台面"的机会。这也是我今次对闫妮的上海话及表演仍有不够满意之处的原因。她说的是一种既上台面又不上台面的上海话,两不像,别扭。

至于,萧山口音的上海话听不出萧山口音,反倒听出苏北口音,这样的瑕疵就可以忽略不计了。顺便说一句,四马路38号是汇丰银行,不是堂子。这也属于小瑕疵。

需要说明的是,"不上台面"的上海话也是上海话,而且是用途更广泛的上海话。其实,每种语言以及方言里的俚语乃至切口,都是最生动活泼的一部分,也正因为如此,流传更广。

我丝毫没有看不起"不上台面"的上海话的意思。相反,我特别欢喜。2014年,我还特意写了一本《上海野狐禅》,专门收录与上海俚语乃至切口有关的故事呢。

不过,我也很清楚,"不上台面"的上海话毕竟不是上海话的全部,也不能用于任何场合。有些场合,只能说"上台面"的上海话。

导演是个聪明人,他似乎有所觉察,因此他让葛大爷说很多国语,也保留一些上海话。他的亲口解释是,谈事的时候说国语;生活场景,比如吃饭,就讲上海话。说穿了,就是上台面的时候,不讲上海话;不上台面的时候,则讲上海话。

我以为,导演这样做,不无道理,甚至无可指摘。

原因也很简单:现在三四十岁的人,甚至四五十岁的人,哪怕一直生活在上海,又有多少人听到过所谓的"上台面"的上海话呢?

那些会说上海话的民国官员在一起,怎么交谈?

那些会说上海话的资本家在"星二聚餐会"上怎么说话?

那些会说上海话的青红帮大佬在一起,又怎么议事?

完全无从知晓。

上海的历史，本身就是一部"上流社会消亡史"，上流社会也没了，哪里去找"上台面"的上海话？

更何况，语言完全是靠模仿而非臆造的。没有影的东西怎么学，又怎么会像？但在那样的场合，一定有人不说上海话而说国语。所以导演的定位还是站得住脚的。

余生何幸，总算还有机会听到一些"上台面"的上海话的尾声。我有很多很多同学朋友的父辈，他们在民国年代，做的都是"上台面"的事，碰到的都是"上台面"的人，因此讲的也都是"上台面"的上海话。慢慢成了习惯，于是，见到我这样的后辈，也还是讲"上台面"的上海话。

这样的上海老人，大多已归道山，活着的也至少要九十岁了。

若问，究竟怎样才算"上台面"的上海话？

糯、轻、慢，但绵里藏针。

什么？举个例子？现成就有——"拿伊做忒"。

别说葛大爷和章小姐了，上海人也没几个学得像。

不过请记住：哇啦哇啦、来煞弗及、粗声粗气，永远是瘪三腔。另外一点也很要紧：所谓弄堂里的"老克勒"，讲的也都是"不上台面"的上海话。

当然，绅士也有要骂"册那"的时候。不过，真正像杜先生这样的人物，说到底，就是"见人说人话，见鬼说鬼话"。"上台面"和"不上台面"的上海话灵活交替使用，却从来不用错地方、辰光和对象。

这才称得上"老阮"。

可惜，"上台面"的上海话，恰恰是上海话的致命软肋。因为，事实上，从来就没有过真正的、有固定样式的"上海官话"。也正因为如此，上海话很快就转盛为衰。

影片中最接近"上台面"的一段上海官话，就是蒋公的抗战胜利讲话。但民国人，从上到下，也未必认。嫌他有太重的宁波口音。

相对而言，苏州话有固定的官话样式，苏州评话里都有记录。粤语也有，香港议会开会，讲的就是粤语官话。粤语歌的歌词也是很好的文本。而上海的沪剧以及滑稽戏根本难当此任。尤其从1930年代末偏向左翼以来，表现的多为底层，大多数都是"不上台面"的上海话。

仅就这一点，要说消亡，上海话必然比苏州话、粤语要更早。我的一位姑苏朋友金先生说得好，上海话发展是没有足够的时间，来不及沉淀，来不及完全发育，就夭折了。毕竟不到二百年，不像苏州话和粤语，至少两千年。

而且，最早失传的是"上台面"的上海话。上海话从此陷入"不上台面"的尴尬境地，而且还将迅速向台面底下滑去。

若问，上海话兴衰的转折点在哪里？我觉得就是1937年，她与"罗曼蒂克"一起由盛转衰，走向消亡。活剥吾友周力先生的一句话：上海话从八十年前就开始濒危了。

一定有人不同意，说，至少还有几百万人不还在说着相对纯正的上海话么？大熊猫也还有好几百只呢。人家大熊猫还有《野生动物保护法》呢，保护上海话及其他地方方言的《保护法》又在哪里？

濒危不等于死亡。还可以有回光返照，比如1970年代到1980年代那二十来年。不过，被宣布濒危的物种，又有哪样是最终复兴了的？

下面就来重点谈谈电影《罗曼蒂克消亡史》中男女主角对角色的理解及表演。首先来看，他们都扮演了谁？大亨和大亨的女人也。

精确地说，此片中大亨和大亨的女人都不止一个，不过，汉文不讲究单数复数，混过可也。

电影《罗曼蒂克消亡史》中，大亨起码有三个：王、陆、张。大亨的女人至少有四个：小五、小六、吴小姐以及王妈。

王妈怕是与王老板、陆先生都有过鱼水之欢的。就像《色戒》里麻将桌上的马太太。

王老板对陆先生说，王妈的事，你心疼，我也心疼。早已泄漏天机。说完了还没完，还不惜铤而走险为她讨说法。

这七个人里，演得相对到位的是吴小姐。丈夫走了也不起立，身子也不抽搐，只含泪，还说玩笑话。袁泉演来很准确，有无奈、有认命、有念旧、有不想悲形于色。像个上海女人，上档次的上海女人。让人相信，她嫁给戴老板，会是一个像像样样的大亨的女人。戴老板飞机撞山以后，她亦只说"不欢喜重庆菜"，如此而已。

上世纪后五十年，多少磨难，多少上海家庭劳燕分飞，我见过不少上海女人与丈夫生离死别之际的类似做派。

哭天抢地？掉身价。大亨的女人做不出。

小五也基本及格。不过，看着她为陆先生宽衣，不知怎的，想起了孟小冬或许也曾这样，心底不免有几分痛。

王老板和张先生戏不多，也还过得去。相比之下，还是倪大红把握得准确些，马晓伟稍欠。如果那场圆台面吃饭的戏，加一个王妈请二哥坐在陆先生身边，他大大咧咧地就一屁股坐下去的镜头，就更像张啸林了。

闫妮，一个西北大姐，能演成这样，自然是要先鼓掌的。

如果一定要"春秋责备贤者"，象牙筷上还是扳得出骰丝来的。

首先，前文里说的节奏感，即没做到疾徐有致，说的就是王妈的台词。管家的身份特殊，百人之上，几人之下，必然也是"人前说人话，鬼前说鬼话"的好角色。对下人吩咐，语速似乎太慢；向老爷报告，语速还可再慢。

威严有了，讨好也有了，周旋也有了，唯独缺一味：发嗲。
连发嗲也不会，又怎么能做好上海滩大亨的女人。

而且，片中并不是没有发嗲的机会。
还是那场圆台面吃饭的戏。王妈要向陆先生推荐杀手。
开场白是："哦唷，一桩重要事体忘记忒了。"很好。
接着竟就这么一塝路里讲下去了。若能转个弯："算了，不讲了，倷吃倷吃"，然后又讲起来，王妈的身份感就会愈加强烈，发嗲也已在其中。
谁能在大公馆里当面出尔反尔，颠三倒四？只有大亨的女人。只有想发嗲就发嗲的大亨的女人。
何况，后面的戏里还有一句："还有一桩事体想不起来，大概不重要"，极好的补充。
就欠了这么一点火候。
没有人会怀疑闫妮的演技。不过，演技是为塑造角色服务的。我只看人物活不活，像不像。

剩下的就是葛优和章子怡了。
看葛优演陆先生（亦即杜先生），我只盯着他的眼皮看。因为大亨的眼皮似有千斤重，绝不轻易抬一抬。杀个把人，抢几车鸦片，甩甩袖子足矣，眼皮是绝不抬一抬的。
当然，有不抬眼皮时，就有抬眼皮时。都不抬，那是病，叫重症肌无力。
在自己人面前，陆先生的眼皮用得还算得法。碰到外头人，似有两处可以商榷。

一个是去找王老板，谈小六事。执弟子礼固然没错，自己添粥陪吃的细节也好，有家人乃至兄弟之谊。但别忘了，陆先生早已独当一面，自己也是个响当当的大亨了，杀个把赵宝刚是无需请示的。

虽然当面无法平起平坐，威势还是要有的。缺了威势，就不像大亨了。就像少了发嗲，就不像大亨的女人了一样。

已经看到和听到网上很多评论，说陆先生太卑躬屈膝，像别人的马仔。

如果让陆先生说完要杀，再起身添粥，王老板再说留她一条命，此时，让陆先生站着回首往下瞥他一眼，就有借力打力的意思了。上海话叫做："拿只滚烫的烘山芋氽过去。"

还有一句上海话，叫"格"，迹近当下的PK。大亨与大亨之间就是要"格"，而且经得起"格"，戏才好看，人物也更神似。

还有一处，就是去见吴小姐。在说"你的电影我都看过"的时候，是全片中陆先生眼睛睁得最大的时候。大亨也要讨好女人，这本没错。怪就要怪葛大爷的长相了，他谄媚时拱嘴露牙的表情，太喜剧了，多少有点失身价。大亨不会。

虽差之皆在毫厘，而失之仍逾千里。可叹可叹。

章子怡演的小六只能忝列末席。因为不像上海女人的地方太多了。更别提上海滩大亨的女人了。有些地方看着看着就出戏了。

戏子出身，嫁入豪门，上海滩上有的是。如露兰春、如姚玉兰、如孟小冬。因为戏子出身低下，唯一能略胜大奶及其他姨太太一筹的地方就是豁得出去，反正台上也是什么角色都能演。

简言之，要"十三点"一些，至少要"十三点兮兮"。

小六太不"十三点"了。

唯一堪称亮点的是，陆先生让她演主角，她的一声"真嗰啊！"有那么点"十三点"的味道。其他地方都不够。

床戏也可以分"十三点"和不"十三点"的呀。没看出来。

剧本并不是完全没有提供让她"十三点"的机会。

还是那场圆台面吃饭的戏。她在片场已经说过一遍"导演，我是哪能死的"了，在台面上又说了两遍。让我说的话，要再加一遍，讲到大家烦，才是"十三点"，而且还要打断别人，"侬听我讲呀"，直到被呵斥，没了落场势，才够"十三点"。

这种角色，依我看，应该让黄龄去演。"来呀，快活啊！"要多"十三点"就有多"十三点"。

再说一遍，这些议论都叫"春秋责备贤者"。你演得一无是处，人家连骂你的兴趣也提不起来。

演不好大亨和大亨的女人，也不奇怪。还是那句话：从导演到演员，谁见过真正的大亨和大亨的女人？无从学起嘛。

说到这里，我不得不提及，近十几年来，我们的影视还是很热衷于表现"大亨和大亨的女人"的呢。无论《英雄》《黄金甲》《无极》《投名状》《王的盛宴》，包括电视剧《还珠格格》《甄嬛传》《芈月传》等等，无一例外。帝王将相也是大亨。

左翼以前都是拍底层人物的，现在都改拍帝王将相了。

不过我看下来，千部一腔，千人一面。大亨都是小流氓，大亨的女人都是贱骨头。

不错，大亨确是流氓，却是有教养的流氓。大亨的女人也确是贱骨头，却是有腔调的贱骨头。这可难煞了那帮本来就没教养没腔调的编导演了。

于是，编剧、导演和演员只顾怎么表现所谓的"霸气"，殊不知"霸气"其实就是匪气痞气流氓气。弄得很多女人都因此而爱上了"霸气"，沦为贱骨头而不自知。

海明威好像曾经提出过一个"代偿论"。说，你看了书中的杀人强奸情节，等于自己也做了一遍，好爽。同理，看着大亨被演成小流氓，大亨的女人被演成贱骨头，实际生活中的小流氓和贱骨头们（统称"屌丝"）心里也是很爽的啊。

临了，说一句：《罗曼蒂克消亡史》是一部不可多得的好电影，尽管她同时也是一部《上海言话消亡史》。

三十年前的今天——那年广播萌动过

扫一扫,有名堂

那天,有老朋友点题让我写写上海人民广播电台经济台开台三十年的事儿。

我总觉得这事儿很小众。谁还记得?广播圈内人大多也不关心,或不屑关心。写给谁看?

一觉醒来。想想,写就写吧。权当八卦了。

1987年5月11日,星期一。
早上7点。
北京东路2号五楼792直播室。
小小房间里只有四个人。时任综合科副科长李慧英,主持人刘文仪（文仪）、袁铭心（袁超）和我。

当上海人民广播电台经济台6点开始的第一个栏目《金鸡唱晓》的片尾曲响起，宣告第一小时的直播结束时，文仪就扑倒在播音台上，双手捂脸，抽泣起来。高高大大的袁超木然起立，站着不动，眼镜片后有泪光。本来站在窗前的李慧英走过去，好像想说些什么，又什么也没说，只是默默蹲下，一张一张地捡起主持人直播时随手扔在桌边地下的稿纸。

我便走向那个窄窄的窗口，拉开绿色绒帘。太阳已经从外白渡桥的那边升起来了。

他们激动，是因为他们觉得，太不容易了。

也难怪。

广播，已经有多少年没有这样长时间直播了？

余生也晚，只听说1940年代姚慕双周柏春"唱电台"讲滑稽，就是长时间直播的。我也听说，广播前辈万仰祖老先生1940年代主持"大百万金（一种香烟品牌，亦是节目赞助商）空中书场"时，他和评弹艺人也都是长时间直播的。

毕竟，近三四十年，好像再也没有。

他们的第一档节目顺利过去了。他们有时间激动。而我没有。

就在那时，隔壁的直播间里，同样长达一小时的《蔚兰信箱》的直播开始了；9点，肖亚的《市场旋律》更将长达两小时。监听是我的岗位职责。

确实，直播是主持人的事儿，稿子定完了，我也不再帮得上忙。但我一直以为，直播，恰如足球运动员踢点球。作为队友，你得在规则允许的离他最近的地方站着，为他鼓劲。

若问我对第一小时直播的感受，说实话，我并不慌，因为该准备的我都准备了。

我只是有点煎熬。

因为直播节目的关键就在于主持人。我绝对相信文仪的努力和责任感。我也放心蔚兰的圆熟。肖亚当年最年轻,锐不可当,大家都看好她。

不过,媒体人都知道,虽然一直讲什么"内容为王",却从来是"安全播出压倒一切"。出了差错,什么内容都是枉然。

所以,我稍稍有点不放心男播袁铭心。

论嗓音本钱,袁铭心可谓"沪上第一人"。至今无人撼动。

当年中央广播事业局(央广、央视都归它管)去黑龙江生产建设兵团招知青,据说第一批只相中了三个人,袁铭心就位列其中。什么?另两个是谁?一个是男的,姓姜名昆;另一个是女的,芳名殷秀梅。

那两个只是进了广播文工团。唯有他,被选中跟着张芝老师学播音,从体育解说起步。

但袁铭心不喜欢。他不止一次告诉我,什么"7号传给8号,8号传给9号,一脚打门,最没劲了"。后来,为了结婚,他调回上海,进了电台。据说央广来人可是重点嘱咐上海台要好好培养的啊。

无他,本钱太好了。不用好,真的可惜了。

不过此君就是做事不是那么十分认真,生性也自由,容易让人不放心。

三十年前的今天,我之所以有点煎熬,多半是怕他出错呗。还好,那天他很争气,一字没错。我从心里是感激他的。

若有人问,怎么看待三十年前上海人民广播电台经济台的开播?

首先,这次萌动是出于被迫。

改革都是被迫的。小岗村没饭吃十八个人才会立字据。

1986年,广播改革起于南粤。广东的珠江广播电台一开台就风生水起。她的领军人物余统浩先生当年的名气,一点也不亚于本世纪初的湖南广电局局长。

上海坐不住了。那年初冬,电台就派我和另一位同事南下广州去学习取经。

上海当年其实土得很。三十多年计划经济的束缚,上海人的活力已经很有限了。换言之,上海人几乎已经忘了该如何振翅高飞了。

我们是坐飞机去的。波音707。飞机根本坐不满,且绝大多数乘客不会系安全带,不会放低靠背。机舱里还可以抽烟,人们却弹不开扶手上的烟灰缸。

我也只是第二次坐飞机,总算有过一次经验,没出洋相。

余统浩先生实话告诉我,当年广东的广播电视已经被香港冲得七零八落。广东地面,无论城乡,家家人家屋顶支着天线,直接看香港电视听香港广播。无奈之下,广东同行只好揭竿而起,才办了这么一个珠江台。

而上海人那时在干些什么呢?

当年,若有人去深圳出差,必干的一件事,就是买些VHS带子,借个录像机,在宾馆客房里录制香港电视台放的外国电影。带回上海后,大家传着看。边看还要边骂呢:"册那,香港电视里广告真多,一歇歇一段,一歇歇一段。"现在回想起来,是否会脸红?

学习回来后,赶紧搭了一个八人筹备小组,由1950年代上海广播"四大才子"之一、刚从青海调回来的刘继汉先生掌舵,匆匆筹划,匆匆上马。正所谓:"日子在扯皮里度过,节目从慌乱中推出。"后来,此联几乎成为几十年来广电生产的一条规律了。

事实上,确实是各种扯皮,各种不支持,内外都有。

在此仅举一例。

我从广东抄来的节目表,横向是周一到周日,纵向是早上6

点开播到晚上 24 点结束。现在大家都看习惯许多年了，似乎节目表就该这样。但是，就在当年，《每周广播电视》报就是不肯登，理由是"听众会不习惯，看不明白"。好吧，我只好再把它还原成原先的"条头糕"。

今天，大家都会觉得自己当年肯定是支持改革的。但愿午夜梦回，你依然这么坚持认为。耶！

怎么评价三十年前的那次开播？

我在题目里已经给出了我的定位：广播的一次萌动。

我承认，1992 年 10 月 28 日，东方广播电台的开播，是广播史上的大事件，怎么评价也不为过。

简而言之，我以为，1987 年的萌动与 1992 年的轰动之间的关系，有点像历史上的秦与汉、隋与唐。

秦、隋都是二世而亡。经济台也只存在了三年，历经两任领导。陪葬的还有上海电视台的一台、二台制度。后来倒也换来了辉煌一时的东方电视台。

这让我想起另一个早晨。

1992 年 10 月 28 日早晨 8 点。

北京东路 2 号底楼食堂。

东广史上第一档早新闻刚播完。那时我虽已在电视台工作，还是无法拒绝陈圣来先生和尹明华先生的诚邀，做了东广早新闻的直播评论员。一共三个，另两位是《新民晚报》的习慧泽先生和《文汇报》的袁夏良先生。

我进食堂吃饭时，劈头遇上老局长邹凡扬先生。

他问我："听了吗？"

我说："不但听了，还参与做了。"

"什么感觉？"

"我觉得新闻本来就应该做成这个样子的呀。"

邹凡扬先生略略沉思一会儿，说："我们是不是早该如此了？"

这话，现在想来，意味深长啊。

当时我并没有回答。

因为,1987年我们萌动过了,但天时没站在我们一边。

回到三十年前的今天。

792直播间正好有一扇窄窄的窗对着外滩。那天早上,对着外滩,我想了很多。

天空了无痕迹,鸟儿早已飞过。

人,和人的行为,实在太微不足道了。

到1987年,上海开埠已经144年了。

正好一副麻将牌。

我们打得并不好啊。垃圾和的多。

应该说,我们是愧对上海的。本来,上海还可以更好些的。

高考:取消亦不应被忘却

扫一扫,有名堂

2017年是恢复高考40周年。

自媒体时代,大家都在朋友圈纷纷写下自己的高考回忆。接着就是等着评点各地作文题目,模拟各种满分和零分的答卷。年复一年的狂欢。

我只看到有一个人发出了不同的声音。她是海上知名文化学者于其多。只有她说:"不阐述高考被取消的十年,恢复高考四十年就没啥意思。"

这句话一下子把我带回了1966年。

1966年6月13日,中共中央、国务院发布《关于高等学校招生工作推迟半年进行的通知》,通知指出:"鉴于目前大专学校和高中的文化大革命正在兴起,要把这一运动搞深搞透,没有一定的时间是不行的。""同时,高等学校的招生考试办法,解放以来虽然不断地有所改进，但是没有跳出资产阶级考试制度的框框。""这样也需要一定的时间来研究和制定新的招生办法。""中共中央和国务院考虑到上述情况，决定1966年高等学校招收新生的工作推迟半年进行。"

那年头，我们很多学生都有早上收听中央台《新闻和报纸摘要》的习惯。

那天正是一个礼拜一。学校还没放暑假。早上大家到了学校以后，第一第二节课记得还是正常上的。

我们五十四中学当年只有一幢四层教学楼。一、二、三楼都是初中。因为初一有八个班，我们初二有十六个班！初三仅六个班。只有四楼是高中。高中只有八个班。高一三个班，高二三个班，高三两个班。

10点钟过后，操场上骚动起来。几十个高中生手里拿着小竹竿贴着竖条彩纸的小旗，上面写了一些标语，他们就在校园里游行起来，也喊口号。就在教学楼后面的那个排球场上。大意是拥护推迟高考的这个决定。

这么一来，其他班级也无法上课了。有的趴在窗台上看热闹，有的干脆下楼围观。后来，参加游行的人越来越多，不但有高中生，也有激进的初中生，很多初三的孩子也乘机喊出了取消中考的口号。只有我们一二年级，好像还没感到考试对自己的压力。

我至今还记得，很多高中生当年是真的激动，真的开心。那种表情与配合形势是截然不同的。终于不需要高考了，解放了！一个人的前途终于不再只看分数了，还可以结合政治表现了！

那时候，运动其实已经开始。1966年6月1日，《人民日报》社论的题目就已经叫《横扫一切牛鬼蛇神》了。提出了"破四旧"。高考无疑也可以是"四旧"之一啊。

中央发出这个推迟高考的通知，其直接诱因是，1966年6月6日，北京市第一女子中学高三（4）班学生给党中央、毛主席写了一封信，信中说他们是中学生，是即将毕业的高中毕业生。高考是为资本主义复辟服务的,是造就新资产阶级分子、修正主义分子的工具,因此砸烂高考制度是他们的责任。

北京市第四中学的学生非常赞同这封信,并提出了补充意见。在全校广播后受到热烈响应,就抄了一份发给毛泽东。信中说:"高考不作彻底的改革,没有党中央,没有毛主席的命令,我们坚决不进考场。""立即废除高等学校入学考试制度。"

这两封写给毛泽东的信在1966年6月18日被《人民日报》转载,《人民日报》并再次围绕推迟高考发表社论《彻底搞好文化革命,彻底改革教育制度》。社论特别引用了北京四中学生来信的意见:"我们打碎的绝不仅仅是一种考试制度,我们打碎的是几千年来套在人民脖子上的文化桎梏,我们打碎的是产生精神贵族和高薪阶层的温床,我们打碎的是产生现代修正主义的基石。"

山雨欲来风满楼。推迟乃至最后取消高考亦是"冰冻三尺,非一日之寒"。

进入1960年代,高考制度就一直倍受质疑。

1962年的八届十中全会,中央提出了"反修防修"和"培养无产阶级革命事业接班人"的千秋大计。那一大段话,当年我们都能背下来。后来的少先队歌《我们是共产主义接班人》就是在此背景下替代了原来郭沫若作词、马思聪作曲的老队歌。

从1964年春节开始,毛泽东发布了一系列对教育问题的谈话。其内容在那十年中亦流布极广。恕不赘述。

那年5月20日,中央批转高教部党组《关于改进高等学校招生工作的请示报告》。高教部党组在报告中强调阶级路线,改进政治审查工作。中央则在批示中号召各地要优先录取经过一定实际锻炼的政治思想好的参加工农业生产和其他劳动的知识青年、退伍士兵、在职干部。"政审"这一幽灵,从此在我们这一代人的生活中游荡了二十年。

7月5日,毛泽东在同他的侄子毛远新谈话时说:"阶级斗争是你们的一门主课。""阶级斗争都不知道,怎么能算大学毕业?"

1965年1月14日,高教部、教育部发布的《关于对1965年报考高等学校的考生进行政治审查的通知》指出:高考政审工作也存在着阶级斗争。因为高等学校招收什么人,培养什么人,是关系到革命事业接班人的问题。

有人指出,实际上,当时在高考强调阶级路线的条件下,家庭出身成为高考升学的重要考量指标。招生人员在掌握政审标准时为了表现出与剥削阶级分子划清界限,追求政治立场坚定,对家庭出身不好的考生进行政审时尤其严格。

1966年4月6日至14日,高教部召开了高校招生座谈会。有人公开提出,高考是产生修正主义的祸根。上海市格致中学四个高三学生向市教委写了一封万余言的长信。信中指出,考试只是纸上谈兵,考试使学生处于被动地位,掌握知识不能用数字表示等。北京市一个化名"群声"的人在来信中指出,宁愿埋没几个天才,也不培养几个反革命。有人甚至提出取消高考,实行推荐和选拔相结合的办法,要政治挂帅,不是分数决定一切。

5月16日,中央通过了"五一六通知"。

5月25日,北大聂元梓写了第一张大字报。

事实上,运动狂潮一旦掀起,高考就不再只是推迟半年,而是彻底取消了。

关于高考话题,在运动头几年人们一直是不敢妄议的。直到运动后期,大家才敢说几句。只有到了那时,我才知道,当年取消高考,对那些欢喜读书的大哥哥大姐姐来说,是怎样的一种心头之痛。他们说得很朴素:"如果只需要找份工作,连初中都不用读,进技校就行了。考普通高中干什么?就是一心奔着上大学啊。"

然而,终于这最后的公平竞争也没有了,万古如长夜。我听到过有人因此而自杀,也亲眼看到过有人因此而得了精神疾病。更多的则是无可奈何地自暴自弃。

还记得1973年,高校部分恢复招生,虽然讲推荐,讲选拔,主要看政治表现，但也有文化考试。这时，才轮到大梦初醒的初中生我们起劲，到处借书来复习。而那些老高中生看到我在背英文，解习题，总会幽幽地说："有啥用场啦。到辰光还不是一场空。"

他们说对了。后来，东北出了个张铁生，一张白卷彻底否定了当年所有考生的文化考试成绩。

最近这几年，老年人越来越热衷于各种聚会。

有小学的，有中学的，有知青的，有老厂同事的。大家都在说，自家的孩子考上了什么大学。但他们自己，重新走进校园修完大专以及以上学业的，实在是凤毛麟角。很多老高中生亦如是。

唉，有些机会，一旦错过就不再啊。

不过，我怎么觉得，他们当中的大多数人好像并不惋惜，也都忘记了当年取消高考曾经是他们大多数人的狂欢。

如今，社会上有"老了的坏人"的说法。又有谁知道，就是在他们中间，有多少人其实压根儿不希望恢复高考，甚至不希望停止运动的呀。

到底是"浜瓜"还是"崩瓜"?

扫一扫,有名堂

上海人老规矩,立秋当日吃最后一次西瓜,之后不再吃。如今白露也过了,再来谈西瓜,实在是有点不合时宜。就像全球气候变暖仍坚持立秋后不吃西瓜一样的不合时宜。

前两天,网上在传一个视频帖子,是我的电台同事"动感101"的朋友做的。主题就是谈谈三林"崩瓜"。我也点进去看了一眼。因为此前他们的负责人吾友丁丁在微信上特会问过我,"崩瓜"到底怎么一回事。我如实作了回答,尽我所能。不过我的意见并没有被这条视频帖子所采纳。原因我不知道也不想探究。

问题是,吾友谢公子看到了这条视频后,又来问我了:你怎么看?那我就没法置身事外了。只好来讲几句。

那条视频里,记者确实在三林采访了卖瓜人,还不止一个。店铺也确实高悬着招牌,上面明明写着"三林崩瓜"。

第一个老太一开口讲了一句实话:"老早叫'浜瓜'",但接着说,本地话,"浜""崩"同音,于是又叫"崩瓜"。到此为止,还是可以接受的。

再朝后,讲得就有点魔幻了。什么,一打雷自己会崩开。有个男子还让记者用手指划瓜皮,果然,一划就崩。至此,"崩瓜"二字,似已坐实。

怎么说呢?上海人讲法:"骗骗三岁小毛头。"

首先,西瓜熟了,都会自己崩开,俗称"爆开西瓜"。老底子一入夏,上海街头就听得到瓜贩的叫卖声:"快来买啊,爆开西瓜,甜是甜得来!"有的人门槛精,专门买"爆开西瓜"。一个是肯定熟了;另外一个,爆也爆开了,店家总归卖得便宜点。

1966年后,有一段辰光流行打群架,用三角铁砸人脑袋,也叫:"侬想吃'爆开西瓜'是哦啊?"或叫"拿伊只头'崩'忒"。

现在的城市青少年已经没法了解,几百年来,瓜农在西瓜长到差不多大的时候,夜里是不敢睡在家里的,而是要在瓜田旁搭一只棚,天天去值夜的。为啥?防止有人偷瓜啊。

当年乡下头的小孩因为好奇,也会跟着大人一道去守瓜。守过瓜的都知道,夜深人静,瓜崩之声是可以听得到的。有没有雷公帮忙,不是充要条件。主要恐怕还是,白天日头暴晒,夜里降温(落雷雨降温更多),瓜就崩了。

顺便说一句,老早大热天,不光要守瓜,养蟹的还要守蟹,因为彼时蟹已经长到三两重了(大一点的"六月黄"只有二两重)。也是防偷。所以乡下人赚点钞票真心不容易。

再来讲瓜皮薄的事。

也不知啥原因,作为蔬菜的瓜类,如冬瓜南瓜,皮都很厚。

而作为水果的瓜类，尤其是老早，西瓜黄金瓜，皮都很薄。只有一种瓜，上海人叫菜瓜，皮略厚。不过菜瓜是在小菜场卖的，从来不进水果店。

皮薄好啊。大部分都可吃。英文叫"eatable part"比较大，合算。当然皮薄有个缺点，就是运输不便，容易碰坏。保鲜期也短，容易烂掉。记得小辰光，大人买转来黄金瓜，都是马上吃掉，基本不隔夜的。三林浜瓜也摆不起，爆开了，要么汁水流光，嚼之无味；要么酸涩馊气，难再食用。

老早还有番茄也皮薄。用手轻轻一剥，皮可以整张头剥下来。做糖番茄么都要这样剥皮的。

皮薄的缺点是，往往一卡车散装番茄从乡下运到市区菜场，一路暴晒甚至再夹着阵头雨，半卡车已经腐烂。小菜场的人捏着鼻子把不烂的挑出来，其他烂的就直接堆在地上，酸气冲鼻，苍蝇狂舞，周边人家叫苦不迭。

通过现代农业科技，使瓜果的皮增厚，以利运输与保鲜，在我们这里，那还是最近这三十几年的事。记得1980年代初去深圳沙头角，看到进口水果只只挺括，还很惊奇。

现在大家不晓得注意没有，番茄的皮比以前厚了些，不容易剥了，以至于口味好像也有点变。

西瓜皮也厚了。黄金瓜的皮据说弄不厚？现在好像也不种了，市面上也几乎看不到。这也不能怪乡下人，谁愿意做"天一半地一半"的蚀本生意呢。

如此看来，叫"崩瓜"很难站住脚，那么为啥要叫"浜瓜"呢？

一千多年来，江南水乡水网纵横，主要交通工具就是船啊。家家人家都有船，大户人家还有私人码头呢。现在公路发达，汽车寻常，大家都忘本了。

因此上,老早西瓜熟了,从瓜田摘下,船就停在瓜田附近的小河浜里。西瓜是直接装船运到镇上去卖的。到了镇上,也不卸货,因为西瓜重啊,卖不光还得搬回船上。除非有二道贩子全部收购,那他会派人来搬运。若只是零卖的话,瓜船就直接停在河浜边上卖。

河浜边上卖的西瓜,就叫"浜瓜"。一般指本地瓜。三林塘来的,就是三林"浜瓜"。

这种卖法,一直延续到1950乃至1960年代。家父年少时曾在上海南市的水果行里做过学徒。一听到西瓜来了,立即全店出动,跑到外马路,瓜船就靠在黄浦江边。因为老城厢的河浜都已经填掉了,否则瓜船真的直接可以开进"方浜"(今方浜路)再卸瓜的。

大家一起动手搬西瓜,一只一只接力式地丢上来,然后当场称重给钱,好让瓜农早点转去。

搬西瓜是重生活,大家吃力了,老板的奖赏就是当场开几只西瓜吃。开啥个西瓜?当然是已经崩开的"爆开西瓜",直接用手劈开,拗碎,分了吃。

这样的西瓜,当然也叫"浜瓜"了。

其实,以前不光西瓜停在河浜里的船上卖,其他物事也如此。去年我去过一次朱家角。因为前门没停车位,我们就绕到后门。

朱家角后门外有一座桥。那天我就看到,桥下小河浜里,有船停泊,船民在叫卖野生河鲫鱼。每条都仅七八两,长不足一尺,应该是野生的吧。养殖的,这么小不舍得捞出来卖。从小听大人讲,"尺鱼斤鸡",那才是美味。并非越大越好。现在样样要大,除了烤乳猪。

言归正传,"浜鱼"也算是"浜瓜"的一个旁证吧。

那么,"老浜瓜"又是怎么一回事呢?因为江南老人嫌自己年纪上去以后头发稀少难看,有剃光头的习惯。光头总是精神一些。当然也为了省铜钿,光头总归可以少剃两趟。

辛亥年(1911年)之前,是有"留发不留头,留头不留发"的满人禁令的。为此,还有过"扬州十日""嘉定三屠"的惨案。辛亥年后,无需留辫了,此风又盛行起来。

当年马路剃头摊的一个绝活,就是不但帮侬拿头发剃光,还要拿刀刮一刮,刮得煞辣斯光,精光滴滑,闪闪发亮。活脱脱像一只"浜瓜"。

也许就因为这个原因吧,上海人把老头子又叫做"老头浜""老浜"。1970年代还有人喊作"头浜",一直喊到1980年代。记得那时我要买一件"梦的娇"T恤衫,小女说,这和"金利来"领带一样,是乡镇企业家的标配啊。这种"头浜衫",侬千万勿买噢。

"崩"字肯定不对。"老头崩",是头开花还是一脚去?

又有说是"帮"字。仔细想一想,读音不对的。上海习语"帮帮忙"哪能读法?

至于"老浜瓜",那就是骂人言话了。其意近于"不识好糗"。这么老了,还做出种种与年龄不符的举动来。但"老浜瓜"这个词齐巧从侧面证实了,老头子与浜瓜的关系。铁证如山啊。

还有童谣作证:"老头浜,修棕棚。一修修到肇嘉浜。棕棚修得硬邦邦。"手艺好啊!啥?有人讲,侬记错了,硬邦邦的不是棕棚。不是棕棚,那是啥?

老早端午哪能过？黄浦江上看龙船

扫一扫，有名堂

今朝端午。准备哪能过法？好像也没啥地方去。

屋里也冷冷清清，门外头不挂菖蒲艾叶，头颈上也没香囊朱索。额角头也不涂雄黄，矮凳脚也不撒雄黄。雄黄酒也不敢吃，怕吃了像白娘娘一样现原形。

只剩下粽子。不过，已经有人在朋友圈里抱怨了，说，粽子当早饭已经当了一个礼拜了。

我们小时候，端午弄堂里还是蛮闹猛的。

样样侪有，独缺一样。那就是"龙舟竞渡"。

"龙舟竞渡"各地都有。老底子上海也有。上海人叫伊"端阳竞渡"。

据说,老早的上海"端阳竞渡"一般分两种形式。

一种叫"竹快"。顾名思义,龙舟是用竹子扎起来的,上面张灯结彩,煞是好看。各个村子的人将"竹快"摇到湖心,丝竹班就弹奏起来,各只船上各村的高手还要对山歌,赛过现在卡拉OK大PK。闹猛得一塌糊涂。

另外一种叫"毛快",也叫"摇快船"。相当于现在的"龙舟比赛"。

"竹快""毛快",一文一武,倒也蛮扎劲的。

上海的"端阳竞渡",绝对是一桩民间盛事。随便搜搜,就搜到很多写上海"端阳竞渡"的诗词来。

如杨光辅的《淞南乐府》:"淞南好,重五闹龙舟。破浪快船夸技勇,凌风画舫斗歌喉。樯火照江楼。"

陈金浩的《松江衢歌》:"龙潭五月聚龙舟,瓶酒随波没鸭头。不及闵行喧夜渡,烧灯荡桨唱吴讴。"

李林松的《申江竹枝词》:"豢得神龙数十双,由来竞渡说申江。绿头鸭子黄封酒,几许豪情未敢降。"

龙湫旧隐的《上海竹枝词》:"为看龙舟兴自佳,山歌一曲听吴娃。闵行闹杀端阳节,竞渡何愁浊浪排。"

王霆的《松江竹枝词》云:"龙潭水戏竞龙舟,五色光华射碧流。黄歇庙前明月夜,火龙夭矫滚珠球。"

朱文炳的《海上竹枝词》:"端阳竞渡兴难降,一带龙舟过浦江。扮得荡湖船可笑,橹声摇去尽成双。"

以上"端阳竞渡"还只是在乡下。松江白龙潭、嘉定汇龙潭、南汇大团以及周浦等地都有。闵行的竞渡已经在黄浦江里进行了,但毕竟还是上游。

事实上,外滩黄浦江及苏州河口,也进行过"端阳竞渡"。而且一度成为上海人过端午的固定节目。何以为证？沪剧《庵堂相会》里有一段有名的折子戏，就叫做"看龙船"。几乎所有知名沪剧演员侪唱过，足见其经典。

（歌词附于文后。歌词中极尽描摹，既波澜壮阔，又生动调皮。）

一直到1948年，上海外滩的"端阳竞渡"照常进行，尽管米价已经飞涨，金圆券已经乱印了。

那年的端午是6月11号。当月16号，市府规定，白粳每石不得超过一千万元。当月27号，市府再次严申，一律凭准购证籴米，每升价格不得超过十万法币。

另外，当年6月，上海滩灾难不断。5号，河南路330弄10号硫磺仓库爆炸，死伤百余人；19号深夜，杨树浦大火，棚户焚毁百余间；22号，吴淞难民区火烧，烧武草棚四五十间；30号，南市沪军营庙桥路（今苗江路）新铭里失火，烧毁石库门房一幢并殃及比邻，死十四人，包括两名婴儿。

不过，端午还是要过的。

美国《生活》记者乔治和杰克都用镜头记录下了那年上海外滩的端午盛况。

附：沪剧《庵堂相会》中"看龙船"歌词

金学文：五月端阳地腊天，

金太太：到黄浦江边看龙船。

金学文：我说老娘娘，这人山人海好热闹，

金太太：大格搀来小格牵，红男绿女人头齐，十番锣鼓闹喧天。老相公！好听来！

金学文：东边找来西边看，为啥勿见穷鬼到江边来看龙船？

金太太：见朱砂渐渐正中天，想必阿兴已经进花园。老身像蚂蟥钉牢螺蛳脚，我要缠住倷老相公看龙船。

金太太：今年龙船比往年好，五颜六色多鲜艳。

金学文：黄浦江边看龙船，见五色龙身在水面上窜。

金太太：青龙盘旋绕阵；

金学文：绿龙像碧云一团在中间；黄龙金光闪闪；赤龙是蓝火炎炎。

金太太：小白龙紫白金线，龙头是活龙活现。

金学文：龙眼睛瞠出了昆仑月色，那龙鳞是彩画俱全。龙嘴里是珠光炎炎，龙须飘在水面，龙尾巴是泼水朝天。

金太太：骑龙头太子啥打扮？

金学文：头戴束发紫金冠，他是前发齐眉，后发披肩，鼻正口方，两耳垂肩，身穿黄金锁子甲，内衬一件大红蟒蕞，腰里玉带盘三转，粉底快靴在脚上穿，手执一把方天画戟，腰系青锋宝剑，脚踏龙角尖泥。

金太太：活像那三国志里吕布戏貂蝉。哎呀！真好看，真好看，活像那吕布戏貂蝉。

金学文：戏貂蝉，戏貂蝉，为啥勿见穷鬼到江边看龙船？莫非是王司徒巧施连环计，老夫中了她的圈？

金太太：见老相公东张西望心勿定，会勿会我们巧计他识穿？我有心缠，索性缠，缠得伲老相公团团转，好忘记脱阿兴格女婿官。阴阳花，红布幔，丹凤朝阳立顶盘。有八顶黄粱逍遥伞，绣啦格啥？

金学文：绣的是三十三天上八洞神仙。

金太太：啥地方有上八洞神仙？哪能呒么张果老、汉钟离、蓝采和咾铁拐李？

金学文：叫侬缠咾勿要缠，我讲上八仙，你问中八仙，当然呒么张果老、汉钟离、蓝采和咾铁拐李！

金学文：第一个是南极仙翁身骑鹿；第二个随地行舟麻姑仙；第三个东方朔月里爬山偷桃吃；第四个扭算阴阳鬼谷仙；张仙送子行千里；土母娘娘在云间；陈团一瘗千年眠；啊呀！千年眠来眠千年，为啥勿见穷鬼到江边看龙船？会勿会老头子眠在梦头里，屋里眠出下把戏？

金太太：哎呀！看见哉！第八个梨山老母修万年。

金学文：忽然间我腰里痛，脚里酸，眼花缭乱嘴巴干。我说老娘娘伲回去吧，明年再来看龙船。

金太太：哎呀！侬要走，慢慢点，一年一度难得见，应该老夫老妻肩并肩。高高兴兴看龙船，看完龙船回家转。见后梢棚挂灯结彩胜宝塔，绣的是蝴蝶翩翩白鹤喧天。旁边有一个小对联，写对先生才学全。上一联是啥？

金学文：上一联是"风调雨顺"。

金太太：格末下一联？

金学文：下一联是"国泰民安"。

金太太：噢！"国泰民安"！

金学文：为啥再勿见穷鬼到江边看龙船？老头子心里急得像是头上格蚂蚁团团转，叫风勿调来雨勿顺，国勿泰咾民勿安。

金太太：见中舱也挂单条画，画的是小刘海，撒啦啦啦嘚儿楞登撒金钱。

金学文：撒金钱，撒金钱，为啥勿见穷鬼到江边来看龙船？会勿会阿兴私自进花园，秀英在家赠盘缠？赠盘缠咾赠盘缠，拿我一家人家全输完！

金太太：龙图佛马中间供，八时鲜来摆在前，有佛手，有香橼。

金学文：老太婆越看越有劲，横也缠咾竖也缠。伊横也看咾竖也看，莫非是她们做好圈套叫我老夫钻？你们有调虎离山计，老夫会金蝉脱壳转家园。

金太太：老相公，你要走，慢介点，今年的龙船邪好看，看罢龙船转家园。见蜈蚣旗是飘飘荡荡，梅子旗颜色鲜艳，门枪旗分在两边，帅字旗插在中间。五色旗帜五样镶边，红旗黄镶边，黄旗蓝镶边，蓝旗白镶边，白旗黑镶边，黑旗红镶边。打拳人是个个青年，廿四根划桨分在两边。行在水中快如飞，老相公，今年龙船是邪好看。真正好看来！咦！啊呀！转眼之间人不见，我们的安排他识穿。哎！老身不能再犹豫，让我加紧脚步把老老追。

没有空调的日子里,"热煞鬼投胎"的怎么办?

扫一扫,有名堂

　　昨天一早出了大太阳,似乎预示着要"出梅"了。一记头33℃,大家都叫"热煞了"。

　　人有时候就是贱,前一段黄梅天,大半个月气温都在28℃以下,勠人适意噢。偏偏有人嫌避黄梅天不爽快,心里想着快点"出梅"。你想"出梅"? 大太阳就来打个照面,33℃,"焐心"了吧?

最好笑，6月初，朋友圈就疯传一个帖子，无非是长期气象预报显示，6月份几乎天天有下雨的可能。网上一片惊呼，大有要高喊"上海挺住"的气势。

要说现在的人是怎么了？上海乃至江南年年都有梅雨季，有什么大惊小怪的？也太不见世面了。有道是，少见才多怪。连梅雨都要怪，你见过的物事也太少了，少到井底之蛙也要看不起你。

更何况，这种预报有两个天生的bug，一个是，所有的长期预报或预测，准确率本来就低，天气如此，股票也如此。另一个是，现在有个新概念，叫"降水概率"。"降水概率"不等于下雨。上海现在大得野豁豁，"降水概率"哪怕80%，你家门口也许一滴雨也不下。不过作为图表，只要有一定的"降水概率"，那天的"表情"一定是"云块加水滴"。居然有人就解读成下雨了。呜呼哀哉。

所幸6月份已经过完，大家回想一下，下了几天雨？今年的梅雨是偏少的。滴滴答答连下三五天的情况并不多见。

反正我是"热煞鬼"投胎，我就欢喜黄梅天，不欢喜高温天。随便你们怎么想。

我从小就是怕热不怕冷。冷了可以加衣裳，再不行还可以焐在"被头洞"里不出来，上头再压棉袄压大衣。再不行，煤球风炉也好搬到床上去的呀。热了就没办法想，男人固然可以赤膊，赤膊还热，能剥皮吗？

要知道，空调对于我朝人众来讲，也就是最近这二十多年的事情。没有空调战高温，你"行（hang）一桩"试试看。

阿拉小辰光，战高温主要靠扇子。家里的扇子也是几等几样。有鹰毛扇（鹅毛扇的档次要低很多），有折扇，有芭蕉扇，有纸扇。鹰毛扇和折扇，一般是家里男主人专用的。在外婆家，就是外公用；在自己家，就是家父用。小孩子一般不去碰，最多趁大人不在时,拿来过过瘾。有时,还装扮一把诸葛亮,现在叫"cosplay",老底子阿拉也玩的。不过拿在手里不敢穷摇,弄坏了要"吃生活"的。

纸扇芭蕉扇很便宜,小菜场就有得卖,几分钱一把。尽管扇,扇坏了,用布条滚个边再用。实在坏得像"济公扇"了,还有用,放在灶披间角落里生煤球炉子用。

扇子一般不带到学校去。所以放学一回来,丢下书包,第一桩事体就是找扇子,然后"呱嗒呱嗒"一阵穷扇,再"咕嘟咕嘟"喝两杯冷开水下去,过瘾啊。

在学校里热了怎么办?课本、作业簿、报纸,都可以当扇子。渴了就到操场上去喝"沙滤水"。女孩子装文雅,双手捧着喝。男孩子就不管那么多了,头一歪就来事。不过那时做人讲究底线,嘴不能碰到龙头。

大人热天外出多戴草帽,一两毛钱一顶。热了也可以卷了边当扇子。随手拿得出折扇的,档次就高了,俨然坐写字间的先生嘛。就像女人,当年外出能撑着黑布伞遮阳,回头率绝对高。淑女啊。

上海的天,热起来也真要命。光有扇子是远远不够的。我至今还记得,每日夜里睡觉以前,家母会在房间门口放一只骨牌凳,上面放一脸盆冷水,沿上搭一块毛巾。半夜睡到热醒,就揩一把冷水面,再去睡。大热天,一个晚上要揩三四把。

那时家家人家都敞开大门和窗门睡觉。关门的朋友一定是新结婚的。

还好我家住在公寓房子里,虽然"炮仗炉子"拆了,热水汀不起作用了,浴缸、莲蓬头还在。记得那时候,社会上已经在大肆宣传"节约光荣,浪费可耻",而且与阶级斗争挂钩,有一句话叫做"浪费是极大的犯罪"。吓得我们冲澡都不敢冲得时间太长。

不过，暑假里，大人们还没下班的下午，汰浴间就是我们小孩的乐园了。放满满一浴缸冷水，泡在其中。从中午开始，至少已经冲过两遍了。吃过夜饭，还可以理直气壮地当着大人的面再冲一次。一天至少三次。

到外婆家就不行了。石库门房子没有浴室。汰浴只有一铅桶水，先捧两把水潵湿身体，赶紧涂肥皂，过清也是它，最后一点水，从头上"哗"地浇下来，算是全剧的"高潮"了。

而且就在后门口汰，穿着平角裤。汰好再到房间里去换。

我是"热煞鬼"投胎。要不是外婆管束松，石库门弄堂小朋友多，玩得来，我早就逃转去了。

家里有电扇，好像是我结婚以后，1980年代初了。

"老三样"，也就是脚踏车、缝纫机、无线电不流行了，流行"新四样"了，也就是电视机、录音机（顶好四喇叭）、电冰箱和电风扇。

电视机和录音机是结婚时就买了的。当年我们两夫妻都在电视机厂上班，自己亲手装了一部电视机，材料费包括显像管就是100块钱左右，人工不要钱，也不值钱。两年后换彩电了，那部机器还卖了120元呢，就在襄阳南路南昌路口，我亲自去卖掉的，场外交易。至于生产录音机的上无二厂三厂，什么红灯美多，有的是熟人，弄张票子不烦难。

电冰箱好像还没那么迫切需要。几十块工钿，每天买点小菜统统吃到肚皮里，这叫做"叫花子不留隔夜食"。

唯独电风扇，一旦有卖，就一定要去买来。"热煞鬼"投胎嘛。而且，要弄就弄弄大，落地的，还要带摇头的。贵是贵了点，不过，180块洋钿，啥地方不能省出来？

还记得是哪能把买好的电风扇拿回家的。脚踏车单脱手，落地风扇扛在肩上，一路踏回来。

想起当年吹电风扇，也真好笑。下班一到家，第一桩事体就是开电风扇，而且开最大挡，不摇头，人还贴上去，先过把瘾。过足瘾头了，再开摇头。夜里统统开过夜，从无例外。有床不睏睏地板，赤膊，身上不盖任何物事，一夜吹到天亮。两夫妻还要吵相骂，哪能侬睏的地方吹得着的辰光比我长。

其实，上班到厂里也是一样。还记得，车间里有那种鼓风机，直径一米多的，呼呼作响，我们照样站得很近猛吹三五分钟。衬衫纽子还要解开，豁法豁法呢。

我家里用空调也比较早，大概1990年就用了。"热煞鬼"投胎嘛。恰逢我二哥厂里转产，生产空调。赶紧买了一个单冷窗式的，3600只大洋。这窗式空调就这点不好，一旦开动，整个钢窗架子跟着一起抖，吓人倒怪。声音也特别响。但总归比电风扇爽啊。

那正是"十亿人民九亿搓"的年代。我家先装空调，搓麻将就经常到我家里来了。正所谓有利也有弊，门窗关紧，香烟就不好多吃了。

自从有了空调，上海的热天就不再那么可怕了。而且，物极必反，尽管是"热煞鬼"投胎，年纪上去了，又怕吹出"空调病"来，能不开就不开了。

想想人也真是"作"。

讲到"作"，现在的流行语是"no zuo no die"，我觉着并不怎么好笑。其实，上海人讲"作"，层次丰富得很呢。比方讲，最俗气的讲法，叫"作死作活"，相当于"no zuo no die"。有些人觉得太粗，想要细巧点，就可以讲"作天作地"。还有人还想再文雅点，那就学苏州评话的讲法，叫"作张作致"。是不是很好玩？

你还记得曾经的『失物招领处』吗？

扫一扫，有名堂

前一向，为了写华亭路，拼命在网上找老照片。

有一张黑白老照片，也是那时候找到的。因为离华亭路稍远了些，故不用。不过，找到这张照片时，我心里还是很激动的，因为这才是这个街角留给我的儿时记忆。

后来恩派亚大楼，也就是淮海大楼加层了；再后来，长途汽车站也搬走了，检察院、法院和公安局的房子都拆掉了，宝庆路两边都起了高楼，实在是欢喜不起来。

这张照片里有个特别的细节，就是右边的那三间一层楼的披屋,四扇头的木头大门对着马路开。这大概是以前常熟巡捕房的汽车间吧。1950年代末到1960年代初,这里曾经是一个"失物招领处"。

"失物招领处"这个名堂,自从1966年消失后,好像再也没有回到我们的生活中来过。一晃就是五十多年。

我家住在淮海路的钱恩(Jane)公寓,据说就是当年常熟巡捕房高级警官的住宅。而我的小学就在著名的宝庆路3号,每天上学放学都要经过这里。

从东到西,上方花园一段是铁丝网的墙篱笆,里面有三间平房,分别是上方花园26、27、28号。至今不懂,为啥都是花园洋房的上方花园里会留这三间平房。

过了这三间平房,就是宝庆路1号,一幢四层楼的房子,大家都晓得这是当年徐汇分局的职工宿舍,现在好像也还是。其实以前是常熟巡捕房普通警官的宿舍。

再过去,有一幢两层小楼,门口一左一右挂着徐汇区检察院和法院的牌子,估计以前是巡捕房的办公楼。它的隔壁就是这三间汽车间。而汽车间隔壁的大院里,就是徐汇分局。据上辈人讲,以前是巡捕房的看守所。反正站在我们小学的小操场上,当年我们亲眼看见那里面的犯人傍夜快出来放风的。

这一路上的去处,都是闲人莫入的,宝庆路1号里,有我的同学,一听是公安局宿舍,总归有点吓势势,好像也没去过几次。唯一可以自由进出的,就是这三间汽车间里的"失物招领处"了。

几乎每天放了学,朝家里走,总归要弯进去看一看。

里面布置很简单,就是横放着两三个玻璃柜子,像我们在博物馆里经常看到的那种,又像当年"淮国旧"的手表柜台,侧面的玻璃移门是可以锁住的。

玻璃柜子里放的东西说起来也稀松平常,帽子、围巾、皮夹子、钥匙串、公文包等等,单只的鞋子也有,1分2分5分的铅角子也有。大多是在附近走动或购物时遗落的吧。

这"失物招领处"好像配备了两个工作人员。偶尔有人来问，我什么什么丢了，有没有人送过来，她们就照实回答一下。也有人指着玻璃柜台里的皮夹子讲是我丢的，她们就问，里面有啥物事。报得出回头门的，尤其细节相符的，比方讲，钞票里有几张一角头几张两角头的，就直接还给失主。好像不需要户口簿或单位证明（那时没有身份证一说），只是在一本练习簿上登记一下，然后失主签个字就完事。

我们做学生仔的，在一旁看了，不免有些心动。

因为那时候已经有思想品德课，提倡做好人好事了。助人为乐、拾金不昧，是老师一直挂在嘴边的新名词。

好人好事很难遇上的。我们除了每礼拜六的大扫除，似乎没有其他的"用武之地"。男生永远抢着爬窗门，先用湿布再用旧报纸擦玻璃窗，恨不得把玻璃窗擦破。铅桶里拖地板的齷齪水也要抢着去倒，有时一晃晃到裤脚管上鞋子上，弄得"嗒嗒滴"。

能够帮助女生，那是再好不过了。不过她们好像也没什么困难。更何况，那年头，男女生分得很清，同桌也要用铅笔刀划条三八线。怎么好意思开口去问？

有时候，为了少先队的什么事，比如六一节要排练节目什么的，你一个人跟一群女生多交代了几句，身后马上就会传来这样的话："介许多萝卜轧了一块肉。"反之亦然。

学期结束，老师会在学生手册里写"品德评语"。其中常见的一条叫做"能与同学团结友爱"。我也被写过。但不能被同学看到，一旦看到了，大家就会说："伊团结友爱嗒，伊团结友爱嗒。"这意思，你懂的。

但不做好人好事，又怎么显出自己要求进步呢？不能助人为乐，那就只好指望拾金不昧了。真是恨不得上学放学都低着头走路,争取能拾到什么别人遗落的皮夹子。没有皮夹子么,零头铅角子也行。

可偏偏就是什么也拾不到啊。反倒是自己的铅笔橡皮乃至书包外套都遗失过,有的找回来了,有的怎么也找不回来。找不回来,回家呆板数(肯定)一顿"生活"。

突然有一次,听说哪个同学终于捡到了一个5分钱的铅角子,郑重其事地把它交到了那个"失物招领处",工作人员认真地帮他登记造册。他走出来的时候,那个昂首挺胸啊,那个神气啊,至今无法忘怀。

没过几天,听说,那5分钱不是他捡来的,而是从他的零用钱里省出来的。于是大家议论纷纷。

现在想来,那时的老师真是好。班会课上只讲了一句:"谁也不要再提这件事了。"

几年后,一首儿歌突然走红。现在也还有人会唱吧。

我在马路边,捡到一分钱。
把它交给人民警察手里边。
叔叔拿着钱,对我把头点。
我高兴地说了声,叔叔再见。

多年以后,每每听到这首儿歌,就会想起宝庆路转角上的那个"失物招领处",以及与它有关的往事。

推不开的才是福,兼谈「做生」与「避寿」

扫一扫,有名堂

年前去了一趟苏州。在阊门外的民国风情街与一帮姑苏老朋友餐叙。11点不到,人就到了泰半,讲到两三点钟不肯散。

年纪大了,有一点不好:欢喜对年庚。侬属啥?哪年生?我比侬大,伊比我小。

我在那个群里,一直是小弟弟,所以我不参与。按《繁花》作者金宇澄先生的讲法:不响。

这年庚，对法对法，对出好几个民国三十七年（即 1948 年）生人。

于是便有人说，那就是虚年龄七十了哇。按"做九不做十"的民俗，今年侪要做大生日了哇。

居然无人接嘴。

见我略有几分错愕，坐在我身边的几位苏州朋友就对我讲了："苏州人七十不做嗰。"

"为啥？"

"不为啥。就是向来不做嗰。"

我这才想起，江南民间原有一种"避寿"的说法。便问是也不是。答曰：差不多的意思，说法不一样。

"避寿"一说，我倒是早就听说过。

顶顶"赖脚皮"的解释，就是我不做寿，我这一岁就等于没长，于是我永远六十多，相当于香港谭咏麟先生的"永远二十五岁"。

民间还有一种调皮的说法。"做生"，赛过提醒自家，侬已经几岁了。侬提醒自家倒还罢了，万一"做生"动静忒大了，提醒了阎王爷，说，这厮早该收了来。那就太不合算了。

认真讲起来，则是个福缘的问题。

一个人的福缘有限，酬还来不及呢，又怎可胡乱挥洒。

直白一点，侬真有介好嗰命，可以一次又一次地"做生"，接受众人一次又一次的祝福？

而且，如今"做生"，好像往往都是自家"起蓬头"，这福分，竟是自家揽来的。而老早的人觉得，只有推不开的，才是福呢。

举一个很不恰当的例子。

比方搓麻将。

大凡一有了空，大清老早起来就惶惶不可终日，到处打电话凑搭子的，十有八九是要输铜钿的。

而只有那种被凑的搭子，往往还先犹豫一下下，最后半推半就的，多半是当天的大赢家。

以此推论，只有碰到别人吵着要给你做生，你实在推不开，最后半推半就的，才不怎么消损自家的福缘。

所以，老早石库门弄堂里"做生"一般都很低调，哪怕给自家屋里的当家人过逢五逢十的大生日，做老婆的也总要先在公共灶披间里解释两句：
"哦哟，伊不肯呀，一早我要去买点小菜，伊也不许我多买，讲像平常一样随便吃吃么可以了。"
"䇷弗来赛嗰，大生日呀，要弄嗰，要弄嗰。"邻舍隔壁自然乐得捧场起哄，就像劝袁世凯做皇帝一样。
那就弄吧。弄了也是先敬众人。下好了面，上头摆好大排酱蛋，甚至加一只大虾，一家一家端过去。
等到末脚煞，自家人吃的辰光，大排、酱蛋、虾侪只剩下最小的了。吃起来也还是欢天喜地。
从前的人，待人是真的诚心。

或问，这个送面的仪式有啥讲究？
我听到上辈人告诉我的解释是，侬能活到这个岁数，还有介许多人来道喜祝福，这样的福分太大，侬很可能是当不起的。与其当不起而受折，不如散福于众人。

东方卫视曾经有个习惯，每个月给当月过生日的职工举行一个简短的集体祝寿仪式。啥晓得，这个规矩定于某年4月，齐巧轮到我。
单位里，都是日日碰头的熟人，逃是逃不脱的，避也避不了，推也推不开，只好硬仔头皮上。于是，我提出，今朝的蛋糕让我来切，让我来送与众人。座中我最年长，别人亦不好驳回我的。

当然，也没多少人想要探寻就里。只有当年的书记苏晓同志有好奇心，特特会会走过来问我，啥体要如此卖力分送？我当时的回答也是：我没介好福气，还是散与众人了吧。

这些年来，民风突变，"做生"正逐渐高调起来。人也突然变得很怕被边缘化、很怕被忘记。

我倒觉得，福缘还浅的，大可不必硬上。

还是这句话，只有推不开的才是福呢。

家名堂

我们从小被"做"过的"规矩"——吃相、坐相与站相

扫一扫,有名堂

"做规矩",上海人家,家家人家侪要"做规矩"。

小孩不做"规矩",出去要被人家骂"野蛮小鬼"的。还有一句,听似文雅,其实也极辣手:"没爷娘监训。"

"监训"就是"做规矩"。

屋里不"做规矩",导致的后果就是另外一句老上海言话,叫做"自家不管别人管,自家不骂别人骂"。

所以,从小到大,我们走在外面,一言一行,一举一动,不但不能被人家管、被人家骂,连"扳头门"也不好被人家捉牢。侬想"象牙筷上扳皴丝"也扳我不着。

那么,我们从小都被"做过"哪些"规矩"呢?
讲起来真是弗弗少,难免挂一漏万。

首先,一个"吃相",就好讲三日三夜。
为点啥?被人家讲"吃相难看",老早是一句很重的话。
这里先不讲"吃相难看"的引申义,就讲它的本义。
一个人,出去做人客、吃请,有规有矩,全靠从小屋里一日三餐"做规矩"。

比方讲,不好剩饭碗头。要吃清爽,不过又不好舔碗底,瘪三腔。
饭米糁不好落在台子上,更加不能落到地上。
做人客时,实在有饭粒菜屑落到地板上,哪能办?马上拾起来。摆在啥地方?自家袋袋里,老早没餐巾纸,绢头包一包。油渍格啦也算侬倒霉,回去汏衣裳。这叫做"宁可弄龌龊自家衣裳,也不好弄龌龊人家地板"。

吃饭时,另外一只手要端牢饭碗,不好白相单脱手。
碗盏要端不要托,托碗就是讨饭相。

筷子要妮齐。
不用时不好插在饭碗上,像香炉里插香。

也不要一直拿在手里。尤其做人客,一定要时时放筷,以示客气。

更加不可以用筷子(或调羹)敲碗边,那也是讨饭相。

不好边摇筷子边说话,更不能拿筷子头指着别人。

若你先吃好,筷子要轻轻放下来,放齐,不好一乱头。然后要对着在座的长辈或主人讲一句"请慢用",经他们允许方可离座。

若自己是主人,先吃好,也要讲一句"大家请慢用",但不可离席。

吃物事时不好出声音,要闭着嘴嚼。闭着嚼,动作幅度仍不宜过大。

矮凳坐好以后,就不要再移来移去,更不好翘矮凳。

一般就不要再走进走出了。实在要方便,起立前要讲声"对不起"。

一定要等长辈或主人先动筷了再开动,饿煞也不好抢先。

头几筷菜随主人走,他搛什么你也搛什么。搛不着就做做样子,筷子伸一伸。

一般情况下,若主人不布菜,就只搛眼前菜,只吃眼前菜。眼前是盆红烧肉,算侬额角头。眼前是盆青菜,算侬触霉头。什么"够不着,站起来",绝对是无规无矩。

搛菜要懂得让人。不与人家在同一个盆子里搛菜。也不与别人交叉搛菜,"搅花福禄"。等一等嘛,或作手势请别人先搛。

搛菜时,搛到什么就是什么,不好翻,不好拣,不好挑。一次不要搛太多。

如果需要,帮人家转递物事,不管是一杯茶、一碗饭、一只酱油碟子、一只调羹,都要两只手,以示恭敬。

相帮人家揩台子,要拿龌龊物事从外围朝自家身边揩,不好东甩西甩。

添饭要轻手轻脚,不好镬子盖头乒乓乱响。

舀汤要拿自家饭碗凑上去,屏功再好也不要去表演。

做人客,老酒是只好"咪"一口的。老法讲,叫做"嘴唇皮湿一湿"。只有最后一口"门前清"例外。

别人来添酒,当然先说够了够了。添酒时,中指敲台面是广东规矩,代替磕头。江南人家不这样,而是双手抱拳。

若要婉转阻止,是用手指从下往上轻点添酒人的手腕,四两拨千斤。而不是死抢活夺打相打。

江南人家没有逼迫式劝酒,就是一句"请请请"。

也不碰什么杯,碰杯似是外国人做派。除了"豁拳"。

好友之间,干杯后亮个杯底是有的,以示守信。那种把杯子倒过来,碰杯用手指隔着来表示只喝不干,大家酒杯越举越低来表示谦卑之类的,统统侪是不晓得哪里传过来的伪风俗。小家败气,不上台面。

倒茶倒酒也有规矩,所谓"茶七酒八",即茶倒七分,酒倒八分。什么"满上满上",那是威虎山土匪的做派。

我看到过,茶或者酒倒得太满,主人还叫客人,侬先喝忒一口。客人居然真的双脱手,头低下凑杯口去喝,真是像啥样子。

一般去做人客吃茶,也只是摆摆样子,嘴唇皮抿一抿而已。不好当伊茶馆店老虎灶,一吃就是两热水瓶。

老底子,不相熟的主客之间,续茶就是婉转的逐客令。

话不投机,冷场了。过一会儿,主人就问一句:"要添点茶水么?"识相的朋友好寻借口"叉路"了。

为了这些规矩,从小真是"生活"没少"吃","头塌"没少"打"。

大家侪讲老实话嗒,红烧肉的露,几何鲜,几何香,侬真的一次也没舔清爽过？拿手指刮么，也是瘪三腔。

不过，"做规矩"，"做规矩"，"规矩"就是"做"出来的。这个"做"，就是"吃生活"。女孩子好一点，打不打，一顿臭骂还是逃不脱。

正所谓"不打不成器"。淑女、绅士、老克勒，就是这样炼成的。

除了"吃相"，还有坐相和站相。
坐相，前面提到过一条，那就是不好翘矮凳。
其实还有许多。
比方讲，坐矮凳，双脚最好要踏着地板。人矮够不着，可以踏在横档上面，但是不好跷二郎腿。也不要前后荡法荡法。
坐沙发的话，不好靠背靠煞，要端坐。勿鲨背。
未成年人最好只坐沙发的一边，单肘搁在一边扶手上，不要双手同时搭在两边扶手上，派头太大。
坐着说话时上身不好晃动，手势也只可偶尔为之。别人在讲话时，眼睛勿东飘西飘。
坐长板凳，起立时要先与邻座打个招呼，以免倾倒。
手放在自家膝盖上，千万不可插在裤袋里。
不坐人家的眠床。

站相里有很多规矩与坐相类似。
比方讲，要站直，勿鲨背，勿摇晃，尤其不要东隑西隑。
两只脚不要"搅花"，手不要插在裤袋里。
如需弯腰捡拾物事，应该蹲下来，而不是两腿笔直，屁股翘得半天高。

出门走路的规矩也多得不得了。
上装的纽子要全部扭好，不好敞胸。

穿拖鞋或穿平脚裤不许出门。裤带要塞好，鞋带要缚好，鞋子要揩清爽。

走路时手也不要插在裤袋里。不要沿墙根走，贼相。不要用手或树枝等划墙头。

看见对面人过来，要让道，尤其是老人妇女小孩，最好停下来让他们过去了再开步走。

不站在商店或人家的门口，不在狭窄的路段停留。老上海人对这一点极其考究，哪个小孩没做到，人家大人一句言话丢过来，很难听："好狗不挡路。"

现在很多小朋友，便利店买好吃食，三三两两站在门口就开吃，把门口封得死死的也不自知。真不知从何说起。那句话现在又不好再讲了。弄得不好，会不会白刀子进红刀子出？

绕道要从别人背后绕。别人在前面并排走，不要"穿"人家"弄堂"。会被视为"撞腔"的。弄得不好打相打有份。

进门前先要掸灰。以前家家人家有鸡毛掸子或者布条掸子，从胸背直到脚面，掸清爽再进门。

穿走廊，走楼梯，不好重手重脚，以免搅打别人家。夜出或夜归，侪要轻手轻脚，最好踮脚甚至脱了鞋子拿在手里。

讲言话的规矩也不少。

我们小辰光，大人是不许吹口哨的，哼音乐也不来赛。滴沥哒啦惹人烦。

不好讲龌龊言话。哪怕"戳那"的"戳"字轻轻漏出来，也至少要"吃白眼"。

不好哇啦哇啦。大人讲言话不插嘴。

决不跟女士争吵。这叫做"鸡不跟狗斗，男不跟女斗"。也不与比自己年幼的人争吵，有道是："大欺小，现世报。"

做人客不好不喊人。大笑时用手捂嘴。

叫门先讲谢谢。钥匙忘记带了:"张家姆妈谢谢侬帮我开开门好哦啊?"

要麻烦人家,不论事体大小,先要讲一声"借光"。或者讲"对不起,请让一让"。到1966年以后,这一套不流行了。前头人实在不肯让,只好高喊一声:"当心!开水烫痛。"吓得伊让开。

老上海问路的规矩,是将对方喊大两辈。我从小看到我外婆冲着六七岁的小孩喊"弟弟"的。本来是孙辈,现在跳过儿辈以平辈相称,岂不是喊大了两辈。曾经问过外婆,啥体要介客气。外婆讲,否则人家不帮侬指路。

还有一些其他规矩。

比方讲,不好乒零乓啷穷敲门,更加不好用脚踢门。敲门最多两记、三记。敲不开等歇再来。

男人或女人单独在家,来了异性朋友,照规矩房门是要大开的,以示清白。不好关起门来喊哩簌落。

超过四人在场,不要交叉握手,"搅花福禄"。

不要挡着别人家的光亮,无论室内室外。宁波人有云:"乖人遮亮头。"

千万不可以用手指指别人的脸,也不作兴用手电筒晃人。现在电视上的滑稽戏或者小品里,几乎人人巴不得拿手指头戳到人家鼻尖甚至眼珠里,还吐馋唾水,实在是粗鲁之极。老早吵相骂也不这样做。

至于走弹簧门,进门后以手扶门直至有人接手;进电梯女士优先,现在大多数人都做不到了。

其实,所有老上海的规矩,都是在人与人之间建立一个缓冲带,最大程度避免了各种有可能发生的冲突,是在城市生活的必要条件。

现在好了,样样讲究"零距离接触",大家赛过天天坐在火山口,分分钟性命交关。

最后我讲一桩我自家遇见的滑稽事体。

有一次,我在武宁路长寿路口等红灯,边上站着一对北方夫妇。他们正在高声谈着家事。我觉得有"听隔壁戏"之嫌,便识相地横着让开两步,保持一定距离。啥晓得那男的指着我说:"你站过来!你为什么避开?你是瞧不起我们吗?"

要死快了。

本来"距离产生 mei",乃末这个 mei,变成触霉头的"霉"了。

"爷叔"二字,好像也不是可以随叫叫的吧

扫一扫,有名堂

我终于也到了被人家到处叫"爷叔"的年纪了。

平常生活中有,我的微信公众号的留言里也有。已经很习惯了。

不过,不知为何,有时我总觉得有点怪。

倒不是怕被叫老了。

实际上,叫我"爷叔",我应该骨头轻,夜里瞓弗着,半夜里就请人家吃阳春面。毕竟已是"老浜瓜"一只了。

而且，我也晓得，现在的很多生活场景里、弄堂交际中，确实是这么叫的。

最明显的就是商贩。你去买小菜或其他物事，他们开口就是："爷叔、阿姨，要点啥啦？"

我以前写过，其实，上海人对陌生人的"叫口"，至少要叫大一辈。所以，叫我"爷叔"的商贩，年龄至少要有貌五十岁。本该喊我"阿哥"，叫大一辈，"爷叔"。

再年轻点的，应该叫我"老伯伯"。

需要说明的是，上海"叫口"里的"老伯伯"，已经不局限于"父亲的阿哥"的意思了，还可以泛指爷爷辈乃至更年长者，亦即最高称呼。再老也是"老伯伯"。至少我没听说过，上海人对着陌生的老人喊"阿爷""大大"的。

另外，上海人的"叫口"是分层次的：陌生人、面熟陌生的点头朋友邻舍隔壁、至亲好友，都不一样。而且，原则上是远亲近疏。越是不认得的，越是叫得客气；越是认得，越是随便。

所以，在小菜场、在超市，大家不大认得，才可以"阿姨""爷叔"这样直别别地叫。有点像现在普遍流行的北方乡村习俗，"哥啊姐啊"。商贩们确实是想"套近乎"，上海人叫"凑热络"。他们要赚钞票嘛。正所谓"天下熙熙，皆为利来；天下攘攘，皆为利往"。

至于弄堂里低头不见抬头见的面熟陌生的邻舍隔壁，上海人是要叫得稍微有点距离感的。比方讲，我老早写过的"张家姆妈"，这是最具海派特色、最有分寸感的上海人的"叫口"。

其实，叫"爷叔""阿姨"也应该有前缀。如"王家爷叔""李家阿姨"。

除了姓氏，还可以是方位和籍贯。比如，"3号里外婆""楼上爷叔""亭子间嫂嫂""后弄堂娘舅""苏州好婆""宁波阿娘"等等。

这一些，都是为了加上一层朦胧的距离感。

真正到了至亲层面，其实也不直呼"爷叔"，而是要分"大爷叔""二爷叔""小爷叔"的。否则要畀爷娘"吃生活"的。

只有一种例外，那就是两家人家有"通家之好"，或者是世交。那才以他家同辈人的"叫口"为"叫口"。

当年我有几个好朋友，我去他们家玩，进门直接叫"阿爸姆妈"，从来不加前缀。他们也直呼我小名。朋友本人不巧出去了，我照样可以跟他爷娘一边聊天一边等他。到饭点了，直接留下来吃饭。

不过，这样的世交挚友总是不多的，最多三五家。大多数情况下，在上海滩上叫人，还是有点距离感的好。

距离感就是安全感。不会动不动吵相骂。大家留面子嘛。

因为，如果没有前缀，只有"爷叔"二字，有时也可用作嘲讽。

应该听到过这样一句老上海话吧，叫做："哦唷，我要喊侬爷叔咪。"

该做的生活做弗清爽，该办成的事体办弗成功，那是一定要被别人尊一声，"哦唷，我要喊侬爷叔咪"。

而且，讲这句话的人，一般年纪还要比你大呢。比你小就没分量了。

这种说法，很可能受了阿拉宁波人的影响。

宁波人还要辣手。我们小时候把玩具摊了一地，吃饭了也不收起来，只管先去吃饭。外婆就会一边帮我们收作，一边讲："唉，我要讴侬阿爸咪。"

还有一句，"阿爹勒娘咪"。

其实北方话里也有，"你真是亲爹呀"。小品里很多。

自家人之间这么说说，姜太公在此，百无禁忌。大家都知道只是戏说而已。

假使不是自家人，那你就要想一想了：外婆的阿爸，阿爹的娘，比侬年纪还要大的人的爷叔，你得有多老。那些话的意思，简直跟"要死快了"，"比死人多口气"差不多了。

其中寓意，大家自己去详，我就不讲穿了。

还有一种情况，就是后头要跟难听言话出来了，先来一句直别别的"叫口"。

比方讲，马路上，"爷叔，看看清爽，现在是红灯"。

棋牌室里，"兄弟啊，多拟啥拟头啦，侬张牌好打下来咪"。

弄堂里，"阿姨啊，晾衣裳么，先绞绞干呀，滴得来一天世界"。

单位里也有。"阿哥啊，两只电话还没打好啊"。

这些"叫口"，相当于"我摊明仔讲""我弗客气了哦""我言话讲弗来嗰噢""我瞎讲了噢""阿拉大老粗噢"之类。早已没有了一丝温情。

假使碰着对过也是卖门脚色，定头货，打相打也打得起来。

也正因为如此，先拿你当亲眷那样叫一声。

你看，直呼"爷叔"之类，要么太"油腻"，就像现在很多社交场合，认也不认得，就什么"坚哥""宽姐"，完全乡村化了，隔夜饭也呕得出；要么太"辣手"，隔手就畀侬"吃辣火酱"，到阎罗王那里去报到也并非没有可能。

那怎么办？

放心。上海话是最不缺层次的。毕竟上海的现代城市文明已经发展了一百七十多年。

"爷叔"不好乱叫，可以正式点，叫"叔叔"。

"叔叔"也是上海话。沪剧《庵堂相会》里，一句"问叔叔"，糯是糯得来。从女人嘴巴里讲出来，喊出来，唱出来，既热络，又没啥骨头轻，邪气得体。

在上海西区，我们小时候听到的，更多的是"阿叔"。一字之改，软了不少，也好像有了缓冲带。"爷叔"么，倷爷和倷爷叔的爷是一个人，走得太近了。"阿叔"么，辈分分明，老祖宗却不是同一个人。

想要再增加一点点距离感，还可以叫，"迭（这）位阿叔"。这么一叫，连辈分也淡化了，只剩下年龄的差别。

尤其现代化的小姑娘叫起来，还可以为自家留足余地。万一你欢喜，隔手就可以拿"迭位阿叔""壁咚"，甚至"扑倒"。

哦唷，无轨电车开得太远了。"阿爹勒娘"，乃末你们真的要喊我"爷叔"了。

我们现在怎样带孩子?

扫一扫,有名堂

先撷取生活中见到的三组真实镜头。

公园里。

一个五六岁的小男孩溜旱冰溜得没劲了,便四处找带他来玩的外婆。找来找去找不到,大声叫了几次"外婆"也没有回应,便开始很熟练地脱口而出:

"外婆,侬死到啥地方去啦?快帮我死出来,侬只赤佬,慢吞吞慢吞吞,侬骨头痒是哦啊?要讨生活吃是哦啊……"喊得声音很响。

终于,在凉亭里跟别的男人聊天聊得起劲的外婆一溜小跑地过来了,闷声不响牵着小男孩赶紧走开。

小店门口。

两个女孩子想买珍珠奶茶,看上去只有小学四五年级的样子。

她俩一边嘴里嚼着别处买来的烤肠,一边冲店里叫喊着:
"老板!老板!"
隔了一会儿,老板出来了,一个和气的四川小老头。
"哦,哦,来了来了——"
只见那两个小女孩很熟练地脱口而出:
"侬死到啥地方去了?快点快点,两杯珍珠奶茶!"
"哪能介木啊啦?侬生意做得来哦啊?再木法木法,阿拉到隔壁只店里去挑别人家生意了哦!"
"快点!珍珠多摆点!侬弗想做生意了对哦啊?"说得声音也很响,隔壁人家都能听到。
"……生意,我又不是只做你们两个的生意。"老板脸面搁不住了,低声嘟哝了一句。
"侬讲啥物事啊?你再讲嗒,再讲阿拉跑了哦!"

地铁站。
一对二十出头的青年恋人刚刚还搂搂抱抱,忽然莫名吵了起来。
几个回合后,女的说不赢了,就开骂:"侬只小眼睛!侬只小眼睛!"
看得出,她的本意只是想恶心一下对方而已。
那男的立马翻脸,也很熟练地脱口而出:
"再讲一遍,我请侬吃生活!"说得声音也很响。
因是公众场合,女的没有落场势,只好扭头离开。那男的眼里这才有了一两分想要挽回的意思。
但已经来不及了。

小孩的语言啥地方学来的?还不是模仿身边大人的?大人不重复一千遍,孩子想学都学不会。
而到了如此熟练的程度,今生今世恐怕也改不脱了。
不但学会了脱口而出,还顺带学会了"友谊的小船说翻就翻"。

再讲一幕,那是在小区里。
一对外公外婆搀着一个四五岁大的小女孩回家。
那小女孩穿格子公主裙,白的泡泡袖衬衫,扎两根小辫,模样极其可爱。
说是外公外婆,不过五十开外,穿着很光鲜的睡衣。

小公主走在中间,一手搀一个,她忽然要以他们为支架来荡一荡秋千。
一下,两下,三下,清脆的笑声在小区里荡漾开来。
三下以后,外婆就开口了:

"好了好了,自家走,外婆手也酸煞了,荡弗动了。"
小公主赖着撒娇,没用,再撒娇,还是没用。

此时,天空正好滴下几滴雨来。
只见那小公主便放开抓住他们的手,跑前两步,将自己的双手放在头顶,半蹲着作遮雨保护头发状,真是可爱之极。
外公外婆竟视而不见,连夸赞也没有。
小公主的动作便做得更夸张也更可爱起来,她在求关注啊。可惜外公外婆还是视而不见。

终于,外婆再次失去了耐心:
"快点过来,当心被车子轧煞!"
小公主不动,外婆便赶过两步去,一把把她拖到了身边。
她想挣扎着再去做,外婆不放,她再挣扎,外婆竟扬手就是一下。
这回,是呜呜的哭声在小区里荡漾开来。
我随便哪能想,也想不出那小女孩究竟做错了什么。

如此好白相,欢喜也来不及呢。

这一类的事例,真要举,还可以举出很多来。简直天天、时时都会看到听到这样的对话。

于是,我想起鲁迅先生写《我们现在怎样做父亲》是在1919 年。

倏忽就是百年。

鲁迅先生当年提出的问题,现在依然是个大问题。

拣笋拣到笋贩哭

扫一扫,有名堂

齐巧是冬笋上市季节,于是来说一些我与笋的故事。尽管都是些鸡毛蒜皮的小事,如今回想起来倒也还有点意思。

插队返城回到上海后,家里当然再也无法指望我从江西带笋回来了。想吃笋,只有到小菜场去买。

笋这东西,有点像西瓜、大煤蟹一样,好像没几个人是不喜欢的。我们全家也都喜欢吃笋。即便在那么不容易吃到肉的年代,过年那一锅冬笋烤肉,也还总是笋先被吃光,留下些肉来再烧油豆腐。可见笋的魅力。

不过我一回上海,就给自己立了一个誓,不再吃笋。没有什么所谓高尚的理由。我不是孔融。为只为,十年在江西,实在是吃厌了。

笋有富贵病,一定要有"好焐头"来搭。要么肉,要么重油。有人说,春天里一碗毛笋㸆咸齑(ji)一向不怎么放油的。那这吃的人须是"好焐头",即肚皮里油水足。

从小就知道,笋是刮油水的。按当下的语境,竟是清肠乃至降血脂的呢。不过,到什么山捉什么柴。当年我们肚子里,缺的就是油水啊。再吃笋来刮，肚肠也要刮穿了。

偏偏山里独多笋。一年四季，只要愿意，天天吃笋也是办得到的。无非笋炒咸菜，笋炒辣椒。而所谓"炒"，泰半只是将铁锅烧到红，然后放物事下去，可以听到"刷"一声响的代名词。俗称"红锅菜"。"红锅菜"者，不放油之谓也。

如此吃了十年，实在是一点胃口也没有了。有油亦不喜。避之唯恐不远。就这样，回上海后至少有七八年真的是不碰笋的，后来也只是应景地吃几筷，如此而已。

自己不吃笋，别人照样欢喜。成家单过后，内子也经常买笋，尤其是冬笋。不过她买来的冬笋总是让我忍不住要说几句。没买到最好的呗。说多了，她便撂下一句：那你去买。

去就去。

记得那是 1990 年代吧，还是冬笋六七块一斤的时代。卖笋的也还不是专业摊贩，往往是出产地来的山民。专业摊贩其实不懂笋的居多。

那一次，看见一个三十多岁的山民在菜场外的空地上铺着两个化肥袋子，上面堆着一堆冬笋，不多，几十斤而已。旁边已经有几个人，有的在拣，有的则在问："这笋好吗？"

我便走过去问，几细一斤。他说："不拣的 6 块，拣的 7 块。"

我应道，我就要自己拣的吧。说着便拣起来。一开始他也很热心地帮我拣，喏，这只大，喏，那只好。我一概不理。

万万没想到，我才挑了七八只，他突然站起来，走到我这边，拉起化肥袋的一角，把我已挑在一边的冬笋归回到大堆里去。嘴里还说着："不卖了，不卖了！"

我说："我又没还你的价，你怎么能说不卖就不卖了呢？"

山民老实，就直说了："我这点笋，被你拣过，剩下来的，我 6 块一斤就卖不出去了。"

我不动声色，因为旁边有人。"你看我挑的，都是中等个儿的。那些壮的、大的，不都给你留着嘛。"

"那也不行。"他不敢解释。一解释，旁边的人就全明白了。

果然，旁边很多人也一脸狐疑。对呀，为什么不把那些冬笋卖给我呢。

想想自己也曾是个插兄，知道山民生活之不易，也就不想坏他的生意。于是我走开去，边走边回头说："我先去买其他小菜，一会儿再来找你。不过，讲好了价，你不卖给我是没道理的哦。"

等到小菜场兜一圈，我再回到摊前，旁边已没有别人。我便对他说："我又来了。这样吧，我少买几只，但你不能涨价，讲好7块还是7块。"

这次他点头了。我一看，刚才我拣出来过又被归回大堆的那几只冬笋都还在，根本没被别人拣走。我便再把它们拣出来。"就买这六只。"本来我想多买点的，把过年要用的一次买齐，因为冬笋放得起。

"你以前也卖过笋？"他边称边问，"你怎么知道要拣那些扁的、歪的呢？"

"哈哈。只有石头缝里长出来的笋才是扁的歪的呀。肉质紧，吃起来有嚼劲啊。"

"这你也知道？你上山挖过笋？"

"小阿弟，我玩儿笋的时候，你还在穿开裆裤呢。"拿了笋，我扬长而去。

还有一次，是2000年，我带一个摄制组去井冈山拍旅游片。

任务完成后，留了小半天可以买买当地的土特产。只有我在江西待过，其他人自然都跟着我，浩浩荡荡去了六七个人。

山腰间有一块不小的平地，变成了农贸市场。江西土产，琳琅满目。大家都问，带什么回去最好？那还用问，当然是笋干了。

几乎每个摊位都有笋干卖，我都看不中。问一声："里面有好一点的吗？价钱无所谓。"都冲我摇头。

终于有一家,也是一个三四十岁的男子,回答我说:"里面当然有好的,不过价钱要贵些。"摆在外面的卖 10 到 12 块一斤,估计买多一点,还价到 8 块也能成交。里面的,起板就是 15 块一斤。

"拿出来看看。"

摸摸索索,那男子拿出一袋来。还记得那袋子很少见,长长细细,有一米二高,口径却只有三十多公分,不知道以前是装什么化肥的。

打开袋口一看,色面极好,黄得发亮(那时的山民还不懂甲醛)。

"能拣吗?"又来了。

"能,随便拣,不过要卖 16 块。"那山民瞅了我一眼,心里肯定在说,你也会拣笋?回答得很不屑。

于是,我立即把袋子倒过来,将整袋笋都倒在地上。

他连忙问:"做什么?你们要买多少?"

"二三十斤总会有吧,"我指了指跟我一起来的摄制组以及一道跟来的其他记者,"每个人四五斤总归要的喽。"

他眼中闪过一丝喜色,今朝碰着大客户了。

于是我一个人拣,大家帮着把拣出来的笋装袋。第一袋里拣不出好的了,让摊主再拿一袋出来。他开始没在意,还一边抽烟一边跟隔壁摊主闲聊天呢。等到我们叫他拿第三袋出来的时候,他看了看地上被我拣剩下来的笋堆,突然爆发了:

"不卖了!不卖了!你们拣剩下的,我卖给谁啊?8 块一斤也卖不出去了。"

这一次,不是我一个人。我根本控制不住局面。来的人多,且都是做媒体的。更要命,当地接待方特别道地,还派了一个旅游局的干部帮我们开车。

"我们一分钱的价也没还你的,怎么能说不卖就不卖呢?"众人七嘴八舌。

那旅游局的干部也只有好言相劝:"不管怎样,总还是一笔大生意嘛。少赚点就少赚点啦。"

我看到,在点钱的时候,那摊主的脸真是难看之极,真是要哭出来了。好像他点的钱,是给我们的钱,而不是我们给他的钱似的。

下山的时候,车上可热闹了。都问我,怎样的冬笋才算好。

其实也简单得很。节头要密,肉膛要厚,长不要超过一尺。当然要干透,要泛黄。这样的笋干浸出来最嫩,而且它的可吃部分(eatable part)是百分之一百。太老的笋干,下面部分根本咬不动,浸得再久也没用,咬得动也口感极差。

昨天,内子又买冬笋回来了。

话说回来,现在的摊贩只管一手进一手出,赚差价,不识笋的居多。所以连纷争也不起。

话名堂

"沪普"故事：老清早外婆很忙

扫一扫，有名堂

13号里的小姑娘要报名上幼儿园了，哦唷，外婆忙煞了。连带还拿外公支得头头转。

老清老早，就在房间里用"沪普"，开始哇啦哇啦：

老头子啊，快点，拿付口布和小姑娘的粗生证寻出来，报名要派用场的。哦，还有，抽屉里的工商宁行毛蛋卡，也要带好，省得身浪带遗金了。唉，报个名，手术很多的。

老太婆一面讲，一面去叫小外孙女起床。

囡囡啊，好起来了。听舍话，今早啥捏脚，阿拉要去幼儿园报名咪。为了这个,外婆昨天还奖励阿拉囡囡了,带伊到动物园去过了。动物园里有什么啊?有斯子、老腐、毛头鹰、梅花落。我们还看到小松楚找小活生玩。开心哦啊?开心的,对哦啊。

稍么今朝要乖一眼的,快点起来。要小便哦啊?来,外婆抱你坐蛋鱼关。以后到幼儿园,囡囡要上次所,就是那个马桶干,就要叫阿姨了,晓得哦啊?来,坐了蛋鱼关要洗洗手的噢,皂塌一塌。哎,对了。

你早饭要次什么作啊?菜作还是八宝作?外公还帮你买来了头浆。啊,不要次头浆?那冰箱里还有鸭奶。还有月米,很糯的。噢,还有昨天外婆从王家沙买来的青团。外婆才不买什么网红,外婆买的是最传统的六斗沙。

啥?你要次含菜肉丝面?好的好的,外婆再帮你塌一个胡包蛋。

转身对牢外公叫了:

老头子,你听到了哦啊?囡囡要次含菜肉丝面,侬快点切一眼肉丝。记得噢,肉丝要逼一逼再超。

好了,囡囡,外公在照皮干帮你烧早饭,外婆帮你梳头。来,先穿好卖子,脚要冷的。老头子啊,一把磨梳把在哪里?寻也寻不到。还有,昨天我帮小姑娘买的服爹洁呢?哪能要起来都寻不到啦。囡囡啊,你看,你听外婆含话,留了小必子,就可以打服爹洁了,就漂亮了是哦啊。

囡囡啊,今朝是开心捏脚呀。我们报了名回来以后,到对过航花楼去次中饭好哦啊?侬想次点啥,讲给外婆听?

啥?侬想次肚闸蟹?哎,肚闸蟹很脏很脏的,不要次算了。外婆帮你点一个脚鱼。脚鱼补的。还有清炒花仁、死笋烧肉、算丝、大排怪你也喜欢的。还有刀头、秃头、脱裤菜,你也都喜欢次的。哦,想起来了,还有扬州烧鹅,就是那个白乌句,蜜道不要太好噢。饭次好么,外婆再给囡囡点个行宁粉。

憋讲,你次饭一定要好好叫次,听到哦啊?要做个好鞋子,饭米酸不要落在台子上,晓得哦啊。

哎,你听话,外婆就奖励你,下个礼拜天带你到东方乱走去。很便当的,到肉店新村调一部车子就到了。

囡囡啊,侬晓得,外婆是最喜欢囡囡的。所以,以后啊,你上幼儿园了,外婆下午就不到棋牌室去擦麻将了。为啥?因为三点半就要去接囡囡了呀。外婆三点一刻就出门,囡囡的幼儿园很近的,走出弄堂,走过一排中家公司,穿过前面这条黄马路,再沿着花坛尿一圈,就到了呀。

外婆想好了,路上箱呢,外婆帮你买一只弹筒。你要快点次哦,不次就羊掉了。回到家以后呢,阿拉就搭结木。还有,趁爸爸妈妈还没下班,外婆给你看动画片。你喜欢看《巧虎弱智小天地》,还是《樱道小丸子》?他们不知道的。嘿嘿。啥?侬回来要次香蕉?唉,那个香蕉很伤的,要放一枪再次。

哦唷,讲了半天,老头子啊,你含菜肉丝面烧好了哦啊?烧好了么,活子拿开,同吊放在虎上骚一骚。快点,过来陪囡囡,我还有交关事体咪。今朝天好,我还要浪衣服、浪比头。天热了,那个围巾我昨天也都洗掉了,也要浪一浪。还有,老头子你昨天洗过澡了,那条月巾也要浪一浪,臭嚎嚎的。喂,老头子,不要看了嗨,来搭把手,帮我一道浪,比头我一家头浪不上去的呀。

外公只好头皮穷搔,对牢囡囡讲,囡囡啊,侬看到了哦啊,外公在家里很残菇的,你外婆老欺负我。

囡囡,不要睬外公。我欺负侬啊,叫侬座眼事体,侬头皮很叫嘛。我晓得侬个,昨天路过金店我要买荡头你不肯,我就晓得侬要头皮叫了。

话音未落,外婆在台阁上一脚踏空,踏在下面的硬八子上,一滑,扑落脱掼下来,脚馒头也擦伤了。

唉,拦末一段旁白,应该要上海言话读嘅,乃我也被伊带过去了。别弗转来了。

塑料铅桶搪瓷痰盂汰脚面盆
——侬晓得这些自相矛盾的上海言话吗？

扫一扫，有名堂

有些上海言话，听上去特别怪。仔细想想呢，又蛮有道理。

比方讲：塑料铅桶。铅桶本应铅皮做，到1960年代，改用塑料了。原料易改口难改，哪能办？只好叫"塑料铅桶"。想必大家侪听过也都讲过："阿二头啊，只塑料铅桶搭我拿过来！"

再比如：搪瓷痰盂罐。因为老早痰盂罐是铜做的，后来改用搪瓷了，也是原料易改口难改。"只搪瓷痰盂罐今朝要好好叫擦擦伊，已经有老硋了。"

当然还有"搪瓷饭碗",自古以来,饭碗是瓷器,极尽精巧。后来,随便啥人进单位,侪会发到两只粗拉拉的"搪瓷饭碗",一大一小,碗沿还印着厂名和工号。饭点一到,小青工们一面用调羹敲着"搪瓷饭碗",一面唱着山歌,向食堂进发。老师傅迷信,有辰光就要咕两句:"一帮小鬼,也弗怕触自家霉头。"年纪轻嘛,姜太公在此,百无禁忌。管它与"敲忒饭碗头"有啥搭界。

严格讲,钢锺镬子也要算进去。因为老早乡下头的镬子侪是铁打出来的,烧饭(或蒸饭)烧菜侪用铁镬子。钢锺,亦即铝,是后来再有的。"烧咸酸饭(即咸肉菜饭),钢锺镬子烧来没铁镬子香。"

讲来讲去,皆因上海开埠不到二百年,恰逢科技大发展,新材料层出不穷。语言总是滞后的,赤脚也跟不上啊。比如现在,大家去日本旅游,侪会买陶瓷菜刀。

上海言话里,除了原料易改口难改,还有用途改了口难改。

最好白相的例子就是,家家人家侪有"汏脚面盆"。顾名思义,面盆应该用来揩面或汏面。后来大家越来越讲卫生了,揩面汏脚的盆要分开,于是乎,就有了"汏面面盆"和"汏脚面盆"。"小鬼,晓得哦啊,汏面面盆要叠勒汏脚面盆高头,弗好倒过来,汏脚面盆叠了汏面面盆高头。"赛过绕口令。

当年下乡插队,女生基本上侪带两只面盆,上下分明。阿拉男生则没那么多讲究,一只面盆打天下。反正面孔脚爪侪是自家的,有啥好嫌避的呢。

还记得每到过年,阿拉宁波人家又要浸水笋,又要浸糯米,又要浸年糕,一浸侪是十几斤乃至几十斤,屋里坛坛罐罐全出动也不够。家母就讲,唉,恨不得"汏脚面盆砂粉擦一擦也拿来派用场"!

上海人也一点都不推扳。他们发明出了"牛角木梳"与"鸭绒棉鞋"。错也不错。最早梳子皆由木头做，换了牛角，还叫木梳。至于"鸭绒棉鞋"，应该到1980年代才有吧。

还有两句骂人的自相矛盾的言话。

一句叫"洋钉木匠"。老早的木匠，不管大木小木圆木，造房子做家什箍水桶，一律用榫头竹筋，绝对不可用铁器。一个木匠，被人称为"洋钉木匠"，说明伊生活推扳，榫头也开不好装不进。"硬装榫头"总归还在装榫头，"洋钉木匠"比"硬装榫头"还要蹩脚。

还有一句是"女裁缝"。老早阿拉外婆，伊看到啥人衣裳做得不舒整，七歪八畸，就会得讲，㑚裁缝生活推扳，哪能像"女裁缝"做出来的啦。盖因最早"奉帮裁缝"清一色侪是男的。

后来为生活计，男女裁缝侪有，这句带有性别歧视的言话就不流行了。到现在，多少美女名模，老了侪改当设计师，创出自家品牌，啥人还敢骂伊拉"女裁缝"啊。

最后顺便讲两个宁波言话的段子。当年在上海流行得很。估计很多人侪听到过，甚至会得讲。

第一段也很自相矛盾：

一个大大嗰小顽（男孩），坐勒高高嗰矮凳浪，手里拿（音dou）把厚厚嗰薄刀（其实是"濮刀"），来切石石硬嗰馒糕（类似宁波人的"块"）。用火热热嗰冷饭，勒喂黑黑的黄狗。

宁波人随便啥狗侪叫黄狗。

第二段则极具音乐性和画面感。

一个黑黑嗰夜到，风咣咣介来该吹啦，我人刮刮介来该抖来，听见有人笃笃介来该敲门，我扶梯高头促促介奔下去，门啊啊介开开来，一个小娘莘莘介走进来，其看见我咪咪介笑笑，我心别别介来该跳啦。

见好就收，再会。

啥？今朝37度？根本弗罢嗰！

扫一扫，有名堂

上海的天，一出梅，马上畀侬颜色看，高温，连续高温。

7月4号就出梅，要到8月7号再立秋，立了秋还有秋老虎，有的热了。

这两天，马路上、地铁上、办公室里、商场里，听到最最多的对话恐怕就是下面这段：

"哦唷，热煞了，汗汤汤滴，哪能介热啦。"

"是热嗰呀，气象预报讲今朝明朝侪是37℃。"

"啥？37℃？根本弗罢嗰，起码40℃！"

喏，问题来了。讲大家侪会得讲，不过，这个"罢"字为啥迭能写法呢？

先要讲清爽的是，现在交关年纪轻的，已经不这样讲了。而是讲"弗止嗰"。讲"弗止嗰"还算文雅的,再粗一点,就是"七嘴八搭""瞎七搭八""瞎讲有啥讲头啦"。再粗一点,"放屁""滚蛋"之类的也要滑出来了。

那么,"弗罢"的"罢"字为啥要迭能写法呢?

讲穿了就不稀奇了,也邪气简单,就是"罢休"的"罢"。

"弗止"的"止"是停,"弗罢"的"罢"也是停。"药弗能停"也可以讲"药弗能罢"。

"弗止"的"止"有结束的意思,"弗罢"的"罢"也有结束的意思。

热得这副腔调,只报37℃,这桩事体哪能可以停下来,哪能可以结束,哪能可以就算了?般(一定)要争过明白。

"弗罢"用得最多的,除了气温,还有两个地方。一个是人数,一个是价钿。

讲人数就要讲到排队。

"前头还有三四十个人。""弗罢嗰,起码五十个。"

"听说房价又要涨了,这次起码又要涨个几千块。""啥地方罢过啦。"

老底子,这个"罢"字,在上海言话里用得还是不少的。

比方讲下面两句,我一讲出来,大家一定会觉得熟悉。一句是,"三弗罢四弗休";还有一句就是"说说罢了"。

弄堂里厢吵相骂,长庄(经常)可以听到:"本来也就算了,喏,侬迭能讲,我倒要'三弗罢四弗休',搞过明白了。"

再比如:"人家已经弗响了,侬还在穷讲做啥?哪能迭能'三弗罢四弗休'嗰啦?"

另外一句还蛮常见。

"侬听伊嗰,伊啊,说说罢了。真嗰伊弗敢做。"相当于现在的"口炮党"。讲过算数,并无实际行动。

讲起来,这个"罢"字,好像又是从苏州言话里来的。
老早很多描写老上海青楼生活的旧小说,一大半用苏白。因为当年,苏州清倌人最上档次,所以,嬉戏其间,讲苏白也上档次。
比方讲,《最近上海秘密史》第二十五回里,就有这样一句:
"余多的钱哪里罢这点子,现楼上还多起了一万多洋钱呢。"
顺便一提,"余多"也是老苏州话、老上海话。现在侪讲"其他"了。老实讲,好听还是"余多"好听。

除了"弗罢"的"罢",老早上海言话里的"罢"字还可以用在别的场合。
比方讲,真的是"罢休"的意思,也只讲一个"罢"字。
《海上花列传》第九回:
"俚吃仔亏转去,俚朵娘姨大姐,相帮朵陆里一个肯罢啊。"

讲"完结"的意思,则讲两个字,"罢哉"。
还是《海上花列传》,第六十一回:
"常恐三公子勿来啯哉呢,乃末真真罢哉。"

如果要讲"不可缺少"的意思,就讲三个字,"罢弗得"。
不晓得大家还有印象没,年节里,屋里要招待客人,茶几上摆点啥呢?一家人家就会得打商量:"不管哪能,瓜子总归'罢弗得'嘅。""水果也总归'罢弗得'嘅。"
这种讲法,已经交关年数不听见了。我家也不讲了。
《缀白裘》第五集第三卷有句:
"罢不得讨吖一个家主婆,浆洗浆洗衣裳,烧烧火,煮煮饭,扫扫地。"
意思是,讲来讲去,总归要……

还有啥个"罢"的用法,当然"弗罢"这些。

不过,语言(当然包括方言)像一条河流,歇歇在变。新陈代谢很正常。我在这里讲,并不是想"三弗罢四弗休",不过"说说罢了"。

算盘不用了,这几句上海言话也不用了

扫一扫,有名堂

不负责任,上海人一般讲"黄牛肩胛"。还有一种比较文绉绉的讲法,叫做"一推六二五"。

还记得,多年前,有位主持人朋友要写稿子,曾问过我,到底是"一推二六五"还是"一推六二五",她吃不准。

当然是"一推六二五"了。因为这本来是一句珠算口诀。

而那口诀本身是"一退六二五",当俚语讲,就变成"一推六二五"了。

我们读小学是有珠算课的。家里的算盘,木档上穿一根细麻绳,背到学校去。记得"80后"小女读小学时,好像还有过珠算课。家里老算盘找不到了,只好买一个新的。

那好像是 1993 年。BB 机已经有中文机了,可以留言,也可以看股票。不过手机和电脑还没进入家庭。

学珠算,就要背珠算口诀。那是不同于九九乘法表的另外一套。

不过,前面说的"一退六二五",在学校里还学不到。因为小学珠算一般只教加减乘,除法不怎么教。

而且"一退六二五"之类珠算口诀,是因为老底子我们实行"十六两制"才有的。上海开埠后,十进制和十六进制又并存了很长一段时间,需要换算。在珠算里,叫做"斤秤流法"。

具体讲,就是 10 除以 16 怎么办?在算盘上,前档退"一",后档添上"六二五"。等于 0.625 呗。

因为此类换算几乎天天要碰到无数次,所以有人就总结了一套,让大家背下来。连打算盘都不用。叫做:

一("退"字不出声,下同)六二五、二一二五、三一八七五、四二五、五三一二五、六三七五、七四三七五、八五、九五六二五。

什么,11 除以 16?6.25 + 0.625 啊,直接做加法,不做除法了。当然也有"足本"的:十一六八七五、十二七五、十三八一二五、十四八七五、十五九三七五。也可以选择背,连加法都不做。

以前店堂做伙计的,尤其是金店、米店,都是张口就来。我外公以及家父也一向是倒背如流。

我小时候受到的教育是,男人家,一手毛笔字,一手好算盘,学算俱佳,走到哪里都饿不死人。

于是,我就加倍苦练,很快就成了学校里的珠算比赛冠军。

还记得那天一回到家里,就"显甲甲"告诉了家父。问:"比的什么?""打百子啊(即从一加到一百)。"

"那跟我再来一盘。"

于是父子俩就拉开阵势比将起来。我还没加到777,家父已到了1050(1加到100的总和)。

他也不多言语,只说:"再来一盘,我用左手。"

伊饶我左手!

自然又输了,而且输得更惨。因为老底子的人学记账,一开始就是左手打算盘右手写账簿的,左手比右手还熟练。这就叫,上当都不知是上在哪里。

当然我并没有灰心。后来在江西插队,我的毛笔字和算盘都派上了不小的用场。我做过大队记分员,专门记大家工分的。反正不管是用算盘记工分还是用毛笔写宣传标语写文章,总比在大田里干活要轻松啊。

当年因为算盘流行,所以很多关于珠算口诀的口头语,大家不但耳熟能详,而且运用自如。连不识字的农民也会。

比如前面提到的那句"一退六二五"。

本来是在算盘上"退位"计数,据说和杭州人把"退位"意会成了"推诿"有关。从此,一个人不负责任,就会讲他"一推六二五"。

当然不止这一句。

还有"二一添作五",比喻对半平分。如"这包香烟阿拉两家头二一添作五分分忒拉倒"。后来也叫"南北开"。

如果三个人平分,也是一句珠算口诀,叫"三一三十一"。

还有"三下五除二",比喻做事要干净利索,不拖泥带水。

当然还有"九九归一"。

另外,"半斤八两"虽不是珠算口诀,也是十六进制年代留下的产物，极为流行。经常用于评价人的能力，多含贬义。如"哦唷，伊拉两家头啊，半斤八两"。

其实，算盘本身也产生了不少俚语呢。

啥人精于算计，叫做"老会得打小算盘的"；更有甚者，则称之为"铁算盘"。反过来，被人讲"木知木觉"，也可以讲："别人肚皮里小九九，我哪能晓得？"

还有更加笨的，上海人就讲"像算盘子一样，拨一拨，动一动"。

上海人更欢喜将事体推向极致，讲"伊只算盘啊，廿六档（一般算盘仅十三档），侬算得过伊啊"，甚至还有"伊只算盘九十六档"我也听到过。倒也很有海派色彩。

一个人老是背后算计别人，则叫做"打鬼算盘"。

另外，"盘算"一词，应该也是来自算盘的吧。有道是"吃不穷，穿不穷，不会盘算一世穷"。

只可惜，算盘没有了，算盘俚语乃至算盘文化迅速边缘化，几近消失。再拿出来讲，小朋友听起来，像碰着 pm2.5 "500＋"的天气，要浑淘淘了。

送粽？送终？哪能畀伊拉想出来㗀！

扫一扫，有名堂

  今朝开始，小长假了。本来想歇搁两天，不写了。为啥呢？
  因为本来小长假想到杭州去，西湖旁边走走，散散心。啥晓得交关朋友侪劝我覅去，讲人实在太多了。人多么，到处侪人多㗀呀，吓点啥？
  有位朋友就讲了：侬晓得西湖旁边，人多到啥个程度哦啊？啥程度？迭能讲，交关游西湖的朋友只想好好叫做人根本不想投湖自杀，歇歇被人挤到湖旁边甚至差点挤下去。而有些真正心里想不通真的要投湖自杀的人，反而随便哪能挤也挤不到湖旁边。早上死到夜里也没死成功。
  好吧，算了。

端午节讲点啥呢？喏，前两日有朋友帮我留言，问：听说过端午节不好送粽子给人家么？为啥？伊讲，送粽么谐音送终呀，不吉利。

要死快了。不晓得各位听见过哦啊，我是没听见过。

我只听说，送人礼物，送只表不碍，送只钟有点问题。因为送钟谐音送终。啥辰光听到的？好像1990年以后。后来又出新版本2.0，讲送钟的辰光再加送一本书，就叫做"有始有终"，就不碍了。

一样规矩，歇歇会得变的，总归好像不正宗。真要是老祖宗规矩，啥人敢变？

还有了。讲到医院或者人家屋里去看望病人，送水果比较大路。不过不好送生梨。因为梨者，离也。侬送了人家蛮远嘅。啥辰光开始传的？大概1980年代中后期。

因为老早，至少1970年代，我有一趟在医院陪一个朋友，陪了好几天。亲眼看见，来来往往，看望病人的，手里拎的，苹果香蕉橘子生梨侪有的。碰着啥个水果上市买啥个，毫无禁忌。

据说送"伞"也不好送。朋友来的辰光，天是好的，回去辰光落雨了。哪能办？只好借畀伊，不好送畀伊。伞者，散也。现在时髦讲法：友谊的小船讲翻就翻了。情人恋人之间尤其不可造次。再问一声，啥辰光听到的？好像也是大概1980年代中后期。

因为1970年代，大家习惯到别人家屋里做人客，三日两头碰头嘎讪胡。碰着落雨的概率不低。主人家拿伞递过来，有辰光会得多一句嘴："侬拿去好咾，阿拉屋里交关了，用不着还了。"

友谊小船从来也不看见因此而翻忒。

还可以举一个例子。云片糕。

也不晓得从啥辰光开始，云片糕成了"白喜事"的专用品。当然现在又不流行了。不过，有一段辰光，好像也是大概1980年代开始，总有十几靠廿年，侬假使拎仔云片糕去做人客，犟是有大头耳光吃的。

我就弄不懂了。我小辰光不止一次看到有人拎仔云片糕走人家的。自家买点吃吃也是寻常事。老的食品店营业员还活着呢，可以去问的呀。

白喜事里，除了云片糕，还有交关怪事体。啥个去火葬场的车子么不好原路返回。据说死人要跟得来嘞。所以到仔屋里门口还要跳火圈，隔断阴阳。啥辰光开始的？大概也是1980年代中后期。

这个我也不理解。刚刚哭得死去活来，巴不得哭得伊活转来。哪能一歇歇又孬伊跟转来了呢？真的能够跟转来是好事体呀，求之不得了。要么刚刚是假哭。

为了这桩事体，以及上述千奇百怪的所谓风俗，我称之为"伪风俗"，我曾经反复请教过家父以及其他前辈。家父说得言之凿凿：从来没听见过。乡下头也从不流行。

最近有人考证，当下流行的婚礼习俗，源自1990年代初，一家台湾婚庆公司的创意。中不中，西不西，洋不洋，腔不腔。双方家长俉上台过一把领导发言的瘾头。用词之伧俗、句式之陈腐、语气之官腔，真是难听之极。

面前冷盆喷香，就是不晓得啥辰光动筷子。

要命的是，上述所谓"伪风俗"虽然流行得不久，却流行得很。大家俉不但乐意接受，而且身体力行。还要劝别人家做。甚至还误以为这些俉是我中土的传统文化。

谢谢一百谢。我可以肯定地讲，这根本不是阿拉海派文化。要么就是啥人胡编乱造，要么就是1990年代"民工潮"带得来的北方乡下陋习。

今朝还好是过节，我只好言话讲得客气点了。

"伪风俗"之所以流行，正是因为现在人侪门槛贼精。侬提出疑问，要得罪亲眷朋友的呀。去做了，兜一圈，跳盆火，又不烦难，何必呢。

但是大家想过哦啊，假使侪没人质疑，这些"伪风俗"将来就侪要变成"国学"了！

现在人哪能了？老早屋里大人，文化程度不高，不过，"姜太公在此，百无禁忌"的豪气还是有的。现在这种豪气侪到啥地方去了？其他不谈，至少以上这些忌讳，几乎侪不大气。不大气就是小家败气，网络讲法就叫"屌丝"。

唉，全民屌丝化，正未有穷期。

语名堂

投三投四投五投六投七投八

扫一扫,有名堂

有交关上海言话,加上相连的数字,突然变得生动起来。

如题所示,一个"投"字,既可以讲"投三投四",也可以讲"投五投六",还可以讲"投七投八"。

我的印象里,小辰光,被大人骂"投",大多是"投三投四""投七投八"。到1970年代末,"投五投六"用的频率高了起来,而"投三投四""投七投八"好像就用得少了。啥道理?弗清爽。

想想这个"投"字,也蛮滑稽,可以有诸多组合。除了以上三种,还有一种呢,叫"投三仙"。本来意思差不多,但"投"而成仙,境界高了许多。

而其他上海言话就没有那么好的运道。

比方讲,"瞎三话四"就是"瞎三话四",没有"瞎五话六"或"瞎七话八"。

"瞎七搭八"就是"瞎七搭八",没有"瞎五搭六"或"瞎三搭四"。

"搞七搞八"虽然后来也曾演变成"搞五搞六",但好像没有"搞三搞四"。

"不三不四"虽然又可以讲成"不二不三",但好像也不能无限延伸,讲成"不五不六"或"不七不八"吧。

只有"投"字,也只有"投"字,可以有如此宽泛的组合。

有人把它写成"头五头六",窃以为不通。

我觉得,这里的"投",大致是投奔、投靠的意思吧。

有句成语叫做"走投无路"。在现在的职场语境下,"走"就是辞职,就是退;"投"则是应聘,是进。辞职与应聘都无法让自己摆脱困境之日,便是进退两难,走投无路之时。

"投五投六"的"投",似乎应该就是"走投无路"的"投"。

尽管我们小辰光被大人骂"投",并非因为什么工作。不过其神态,其状态,颇类似。东也投投,西也投投,跌跌撞撞,永远没有着落。

另一种说法,"投人生"的"投"。你这么"投",是不是对此生不满意,想重投人生呢?重投人生,也要先过一趟奈何桥。所以,骂我们"投",原来就是"寻死"的意思啊。

走笔至此,我又发现,阿拉上海话与相连的数字作组合的时候,像极了江南人家做熏鱼。只要中段,不要头尾。

三四、五六、七八居多,一二、九十极少。

想来想去,一二组合里,好像只有"一清二爽""挨一挨二"。而且"一清二爽"亦非上海言话或吴语所专有。只有"挨一挨二"好像来自苏州话。例如:队排排好,挨一挨二来,弗要乱。"

同样"十拿九稳""十室九空"亦非上海言话或吴语所专有。

查成语词典,关于五六的组合似乎最多。

有"人五人六""五石六鹢""五积六受""五冬六夏""五合六聚""五角六张""五脊六兽""五雀六燕""五音六律""五虚六耗"等,皆非常用词。阿拉上海人平常生活里几乎不用。

成语里还有"五亲六眷"。上海言话或吴语里多讲"三亲四眷"。

"五抢六夺"也不大讲,而是讲"死抢活夺"。

只有"五颜六色"和"五脏六腑"倒是用得蛮多。

例如:"侬面孔上哪能五颜六色嗰啦,像只'野狐脸'。"

又例如:"迭条马路也太推扳了,车子开得来我五脏六腑也要颠出来了。"而且上海人往往把"五脏六腑"讲成"五脏六肺"。

还有一句,叫"五黄六月"或"五荒六月"。上海人讲得不少。

本来,"五荒六月"是指当年早稻籼米最早也要到七月才能收割上来,去年陈粮倒已吃光,日脚难过的意思,完全来自农耕社会。

没成想,这句话后来用到了零售业上来,还拓展成三句头。叫做"五荒六月,七死八活,九兴十旺"。意思是,每年五六月份的时候,动销得很慢,七月份也不大灵光,要到八月才活泛起来,而进入九月就大量动销,并于"十一"前后形成高潮。若这高潮延续得久,可以连接下一个高潮,那就是圣诞季乃至新年春节。

中国人的老习惯一直没变。农村么年底分红,城市里么年底发红包,总归要到那时,袋袋里才多几张"花纸头"。

老实讲,"九兴十旺"也与消费习惯有关系。上海人会得做人家,上半年主要是赚,是积累。消费那一头卡得蛮紧的。到了第三季度末,才觉得钞票用忒点也勠紧,因为已经可以看得到今年总收入的大致架势。放心了。

关于五六组合,还有一句叫做"猪五杂六"。

例如:"侬迭个人哪能'猪五杂六'嗰啦。"用来形容某人行为乖张,一惊一乍,让人吃不准。

这个词,有各种别的写法。因此也衍生出许多别的解释来。

而据老叟考证,这"猪五杂六"是一句的的刮刮的上海言话。有记载,开埠之初,小菜场里特别乱,假冒伪劣、以次充好也特别多。有一类肉摊,早上天蒙蒙亮就开秤。热天5点钟、冷天6点钟,顾客看不清爽他卖的是什么肉。这类摊贩往往以"猪五匹,杂畜六匹",宰杀后混合堆放,然后全部冒充成价格最高的猪肉卖出。所以叫做"猪五杂六",最早只有以次充好或骗人的意思。

七八组合里,成语"七嘴八舌""七零八落",上海人也经常讲。不过"七嘴八舌"往往讲成"七嘴八搭"。就像"横七竖八",上海人更欢喜讲"歪七畸八"。

还有"杂七杂八",讲得也不少。但成语词典里好像不收。

至于三四组合里,也有被误读的。比如"三清四绿"。

例如:"哦唷,今朝哪能啊,做人客还是吃喜酒啊,穿得来'三清四绿'。"

其实,恐怕应该是"山青水绿"吧。

现在是互联网时代了。老规矩不适用了。

比方讲零售业,只要是"网红",哪怕一杯奶茶、一碗馄饨、一只葱油饼,也可以一年四季天天排长队,根本不管它什么"五荒六月,七死八活,九兴十旺"。

还有,"投五投六"也远远不够用了。

每个大学生,临到毕业,第一桩事体就是跟着学哥学姐学做各种花哨的简历,做个一两百份实在是稀松平常,然后真的是到处去"投"啊。

这哪里是什么"投三投四投五投六投七投八",简直是"投百投千"。"投百投千"也未必"投"到一份好工作,最后只好"投"入"全民创业"。作孽啊。

上海言话里的「顶」和「底」

扫一扫,有名堂

"顶"和"底"这两个字,现在上海人还在经常用。尤其一票炒股的朋友,总归希望自家的股票能涨到顶部再抛,并且腾出来的钞票又能抄到底部。尽管事实上,这种想法基本上属于白日做梦,几乎还一次也没有照进过现实。

现在是物质社会,消费主义,所以很多人在追求"顶级品牌"。包要GUCCI的,西装要ARNANI的,香水要CHANEL的。不过上海人依然精明,据说,买车子不大买"顶配"的。"标配"就可以了。有需要自家再一样一样配上去,改装的过程本身也很刺激。反正现在连天窗也好挖的。

不过,有些带"顶"字的老上海话,正在失传。

比方讲，现在"古镇游"还是很流行。外地的暂且不论，就是本地的朱家角、七宝、新场、召稼楼，一到周末，也是人满为患。江南古镇都是水乡，离不开桥。不过，现在大家基本上都讲"一座桥""这座桥"，而不再讲"一顶桥"了。

顶者，最高处也。老早江南人家，出门就上船，从船上望去，桥自然是"一顶一顶"的了。

拿"顶"字做量词的，还有一句："一顶轿子"。

还有，"头顶心"讲的人少了，都只讲"头顶"。额角头还叫"顶门"呢，恐怕知道的人也不多了。"顶倒"也被"颠倒"所代替，不晓得的人还以为你咬字不准呢。

"顶"，还有抵当的意思。老早弄堂里常常可以听到，"老底子伊拉屋里有铜钿，3号里整个一幢石库门是伊拉爷爷用5根大条子顶下来的"。

"顶债"的"顶"，也有抵当的意思。屋里欠了一屁股债，哪能办？只好拿一堂祖传红木家什去"顶"呀。

还有"顶缸"，失传得更早。"喂，先要讲好，出了事体啥人顶缸？"

后来，"顶缸"变成"扛木梢"了。一棵树砍下来，轻的一个人扛，重的就需要两个人抬。扛靠近根部的比较粗的那一头的，就叫"扛木梢"。其实，"扛木梢"与"顶缸"稍许有点差别。一个多用于被动，一个多用于主动。

最最可惜的一句是，"顶忒了"。

上海人讲好，一个"好"字不出口的。记得1960年代末叫"嗲""瞎嗲"；到1970年代初改叫"一级了"，再接下来就是"顶忒了"了。从这种意义上讲，"一只顶"也讲得通，未必一定要"一只鼎"。再接下去是"唔没言话了"，再接下去又变成"夠忒……"系列。

必须承认,那是上海话最具活力的年代。词语替换频率特别高。所谓"流水不腐,户枢不蠹"嘛。那辰光,一个上海人,三年不回上海,很多话突然听不懂了,想搭嘴也搭不上。

现在回头看,竟然有"回光返照"的意味。因为,此后,上海话的创造力几乎没了,除了一句"淘浆糊",再没有什么新的流行语是可以"冲出上海,影响苏浙"的了。

带"底"字的上海话,有些也不再流传。

比方讲,石库门房子,老早都讲"一楼一底"。现在买郊外别墅,都讲二层楼,而不讲"一楼一底"了。顺便讲一句,老早上海人低调,讲房子高低,只要不是全覆盖,就叫"假三层""假四层"。哪像现在,有只阁楼、有只阳光房,恨不得也算一层。

"底楼"一词还是在讲的。这跟上海滩老早有许多英式大楼有关。英式大楼有 ground floor 的,一楼在楼上。

"老底子"讲得少了,都讲"过去"。

"底脚",好像也失传了。老早讲,"底脚露出来了"。现在直接讲"露马脚"。

老早出门,大人要关照,皮夹子当心,钞票覅随便"露底"。贼骨头看到了,要盯牢侬的。现在叫啥?"亮相"?

"底下人",现在也多半讲"下头人"了。

"脱底棺材"则升级到 2.0 版,叫"月光族"了。

打探对手情况,老早叫"摸摸伊底牌",现在好像直接讲"摸底"。老早甚至会得直接问:"哎,侬畀我一只底呀,否则我心里弗托底嗰呀。"

"底牌"一词倒还在,因为欢喜"斗地主"的人实在太多了。

还有"底子"。

"底子"至少有两种常用的意思。一个指基础,如"身体底子""财富底子"。

"伊本来底子就不好,再加上这向忽冷忽热,哪能覅生毛病啦。"

"伊拉屋里底子几何厚啦,再穷还有廿四根金条呢。"

上海人还讲,"穷做穷,屋里还有四两铜"。这是为了押韵,其实铜的颜色与金子的颜色差不多的。意思你懂的。

还有一种"底子"的意思,是指出身。现在晓得的人不多了。

比方讲,现在有些婚恋网站里有不少专业骗婚者,个中高手早已闪婚闪离多次了。老上海话讲法,这种人不能寻的,伊的"底子"不好。

最最好白相,是"打底"这个词。

老早"打底"有起码的意思。兜商店,看到一双皮鞋,两个人先要"妄东道":

"侬讲这双鞋子几钿?我讲起码三百块打底。"

订喜酒,"侬想要几钿嗰啦?""两千块打底总归要嗰啰。"

还有饭局,朋友晚到了要罚酒。好心的朋友就会讲:"勿急,勿急,空肚皮弗作兴,先吃两块红肠牛肉打打底。"

现在再讲"打底",你首先想到了啥?

化妆,打底粉,对吧?还有,广场舞大妈都欢喜穿的"打底裤"。要死快了。

在查"顶""底"的时候,我还发现一个有趣现象。

就是明清时期,江南一带有"顶老"和"底老"的讲法。好白相就好白相在,"底老"是指老婆,而"顶老"则是指妓女!

不信?请看例子:

《缀白裘》一集二卷:"十八年前,摆布子个苏知县,抢哩个底老居来要成亲。"

《缀白裘》十二集一卷:"倒不如做个虔婆顶老,也落得些鸭汁吃饱。"

虔婆就是鸨母。多半妓女出身。

我也稍微有点没想通。顶在高头,底在下头。为啥"底老"反倒是老婆,"顶老"是妓女?
不过,很多时候,上海话里也"顶""底"不分。
比方讲,"到底"也就是"碰(音乓)顶"。

"侬麻将输到现在,袋袋里碰顶还有一百块,到底了。"
有人卖房子搭卖旧家什。
"侬这些沙发劳什,五百块碰顶了,不讨论,我一句言话捣侬底。"

"捣侬底"是"捣底"的比较级。
还有最高级,叫"捣侬屁眼"。仅限于烂熟的亲友间使用。

"碰顶"也有比较级,叫"碰(音彭)着天花板"。
"这点生活,我出你五百块,'碰着侬天花板'了。"
也还有最高级,叫"打到侬南天门"。
打扑克时经常能听得到:"你还有什么牌?我出一对 Ace,就'打到侬南天门'咪。"

你看,同样意思的一句老上海话,从南天门到天花板再一直到底到屁眼,真是"上穷碧落下黄泉",奥妙无穷啊。

上海言话里的一个「摆」字,到哪里去了?

扫一扫,有名堂

老底子,上海人讲言话,一个"摆"字,用得交关多,也用得交关活,听的人也听得交关有味道。

比方讲,摆卖相、摆噱头、摆华容道、摆 wise、摆华尔兹、摆花露水、摆花瓣、摆面孔、摆臭面孔、摆飙劲、摆功架、面孔没地方摆、摆架子、摆松香架子、摆豆腐架子、摆摊头、摆拆字摊、摆饭、摆酒、摆台面、摆圆台面、摆门面、摆门头、摆炮、摆砖头、摆篮头、摆魁劲、摆造型、摆堆老、摆海外、摆句言话出来,等等等等。

这些带"摆"字的词语,"50 后"小辰光,大部分听过讲过,有一些,到 1950 年代就已经销声匿迹了。

比方讲,"摆卖相"。"覅睬伊,伊只是摆摆卖相的呀","哦唷,侬摆啥个卖相啦",意在并不当真,只是徒有其表而已。

究其根本,"摆卖相"一语还是出自堂子里的呢。据说有些堂子,一进门,就有一本照相簿,里面侪是照片,供客人挑选。你要"卖",就先要把你的"相"摆出来,否则哪能卖得出去。

所以,上海言话里,"卖相"老早基本不是一个褒义词,后来,慢慢地代替"长相"了,相当于现在的"颜值"。"辣小姑娘卖相倒弗错"。不过,一般讲起来,"侬卖相好唻",怎么也不会听成赞美。就像"模子""腔调"等词,老早亦多用于贬义,现在身价上去了。

"摆卖相"的近义词,曾经有过很多。

比方讲,摆噱头、摆华容道、摆花露水、摆花瓣、摆 wise、摆华尔兹,等等等等。

"摆噱头",用不着解释。

"摆华容道",这一句比较老。老早民间人士,大字不识几个,《三国志》的故事人人晓得。关公把守华容道,因义气放走了赤壁兵败的曹操,诸葛亮这个棋子就算是白摆了。当然,上海人讲"摆华容道",除了上面讲到的"并不当真"的意思之外,还有"你落井下石",畀我吃药的意思。

后来慢慢演变,"华容道"不摆了,改成"摆花露水""摆花瓣"了。意思差不大多。原来法租界地方的人讲得更加文气点,叫做"摆 wise",意为白相小聪明。也有人讲,不是"摆 wise",而是"摆华尔兹"。"华尔兹"么要转的呀,迷魂阵摆得你头头转,意思还是相近。

"摆面孔",老早也讲得比较多。"哦唷,一眼眼事体,侬摆啥个臭面孔啦?"意为给人脸色看。不过,这句话倒转来讲,就变成另外的意思。"我只面孔没地方摆",那就是自己或者身边人做了见不得人的事体,没脸见人了。

"摆架子"。它的升级版是"摆松香架子",又叫"摆豆腐架子"。好像从苏州言话里来的。"摆豆腐架子"又叫"搭豆腐架子"。本来,"摆架子"也叫"搭架子""勒架子"。袁一灵的《金陵塔》里侪有的。

讲起"摆摊头",蛮扎劲的。

它的原意是做小生意。路旁边摆一只小摊头,小本买卖,维持生计。后来就有了引申义。

上海人攀谈,欢喜走极致,创造"升级版"。为了极言其买卖之小,也分出几等几样来。最最不堪的,就是"摆葱姜摊"和"摆刮鱼鳞的摊",一般用来自嘲居多。

"老兄听说生意做得大出来了嘛。"

"啥言话,阿拉么摆摆葱姜摊呀。"

另外,家里物事乱摆,不欢喜整理,也叫"摆摊头"。小辰光,夏天介,席子上侪是玩具,不玩了也不归拢;做做功课,台子上侪是课本作业本,铅笔盒子盖头也不盖好,屋里大人一定要骂一声:"做啥?侬摆摊头啊?"后来大了,懂事体了,礼拜日自觉揩脚踏车,老虎钳、捻凿、榔头、回丝又摆了一地,屋里大人还是这句:"揩揩脚踏车也像摆摊头一样。"

唉,从小到大,就是做小生意的命啦。

"摆摊头"里还有一种特殊品种,叫做"摆拆字摊",也就是算命。老底子小菜场门口头,总归有一两只"拆字摊"。

讲起来也心酸,自古以来,"文不能拆字,武不能卖拳"。要不是生活所迫,读书人哪能好去拆字,习武人哪能好去卖拳头,这都是"恶居下流"的营生啊。

老早拆字也要挂号的,像先生看毛病一样。所谓"小事一元,号金加一,细谈终身,详批命书,起码十元"。如果算出侬大富大贵,再另外大敲竹杠,三百五百,也不稀奇。

不过,大多数拆字摊生意不灵,都会沦落到为娘姨大姐、车夫阿三,以及堂子里不识字的朋友代写书信的地步。1966年之前,这种代写书信的摊头在上海滩一直没有绝迹。

有一点我比较佩服,就是那些拆字先生精通各种亲眷的正式叫法,以便写"抬头"。不管依是小姨子的堂房娘舅的过房儿子的丈母娘,伊照样写得出一个名堂来。

至于讲到"摆饭""摆酒""摆台面",包括"摆几样碟子"待客,严格讲,也基本上侪是堂子里传出来的规矩,后来侪慢慢"飞入寻常百姓家"。

《沪游杂记》第二卷有云:"请客叫局,全席谓之摆台面,房中半席,谓之吃'便饭',粤妓称'消夜'。"瞧,不但摆饭摆酒摆台面摆碟子,连同"便饭""消夜",原来也侪是堂子里的规矩。好好叫人家,吃过夜饭,天黑了,就关大门了,根本不出去,吃啥个"消夜"?屋里填肚皮的,那叫"夜点心"。

另外,"消夜",顾名思义,就是吃酒讲言话消磨辰光,共消长夜,类似英文里的"kill time"。后来哪能变成"宵夜"了?讲也讲不通。

再后来,几乎家家人家都这样讲,"哦唷,吃饭辰光也到了,侬就吃仔便饭去吧","哪能啊,今朝屋里有大人客,摆圆台面了嘛"。讲惯了,大家亦不以为非。所谓"英雄不问来路",讲言话也一样,何须问出处?

"摆海外"与"摆门面",前者是主动的,现在叫"显摆";后者则是被动的,又叫"绷场面"。

而"摆门头"与"摆门面"不一样。"摆门头"是江湖上用语。侬做生意,有人欺负侬,侬就叫一帮江湖朋友来,门口一坐,帮侬压压阵。"摆炮"也是叫一帮江湖朋友来,不过它与"摆门头"不同,"摆炮"不是来压阵,而是来叫阵的。前者为了防御,后者则是要主动搞出点事体来了。

最最老的带"摆"字的上海话,恐怕是"摆堆老"。这也是江湖中语。"堆老"就是"污里头",摆到侬门口,就是存心要触侬霉头。

还记得,阿拉小辰光,讲一个人不来赛,也叫"堆老"。有好白相的物事不借给我玩,"侬迭个人哪能介'堆老'嗰啦"。原来是骂人"像污一样"啊?不晓得。

也有一些带"摆"字的词语,比较新,1950 年代以后才出现。

比方讲,"摆砖头""摆篮头"。计划经济,供应匮乏,样样物事要排队买。辰光长,人排得实在吃不消,只好用砖头、篮头代替,有的还用一截草绳呢。为此,上海人的相骂没少吵。

"摆魁劲"好像也出现得比较晚,意近"摆海外"。

"拗造型"最早也是"摆造型"。又是为了走极致,"摆",听来听去不够"煞渴",还要再"拗一拗"。

"摆渡船"老早也是上海的主要交通工具,一点也不输给公共汽车。后来不晓得哪能,叫"市轮渡"了,难听。

"摆渡"也有引申义。

早高峰乘电车公共汽车,挤得臭要死,根本挤不到卖票员门前,只好托人代劳。头子活络的卖票员就会喊一声:"来,阿哩一位老师傅,相帮'摆摆渡'。"现在用公交卡了,高峰辰光,司机上路的,前门挤足了会让乘客从中门上车。刷卡刷不着哪能办?一大叠卡"摆渡"过来的现象还在常常发生。

只可惜,这些带"摆"字的上海话基本不大听得见了。取而代之的都是北语的"忽悠""显摆""装×"之类。

有人问,侬急否啊?也急也弗急。因为急也没用。

老底子,不会跳舞又硬劲要到舞厅里去赶时髦的人,被称为"在跳舞厅里摆'拆字摊'",只有看的份。

现在,我就是那个在跳舞厅里摆"拆字摊"的拆字先生,就看看闹猛。不响。

上海言话里的"势"——有的土有的洋

扫一扫,有名堂

上海言话里,带有"势"字的词语不多,不过用途广泛,几乎人人侪讲,不讲难过的。

先声明一点,各地通用的带"势"字的词语不在本文讨论范围,随便伊优势劣势强势弱势装腔作势虚张声势国内形势国际形势,一概不论。只讲有上海特色的。

第一类是最最"正当正势"的:比如"头势"。

"哦唷,今朝一只头势瞎清爽嘛,哪能啊?吃喜酒去啊?"

其实,与人的身体有关的,还有"手势""眼势"。

手势一词，虽然各地也侪用的，不过老早上海人讲"手势""眼势"，多数用来表示"豁翎子"的意思。

比方讲，"侬看我'手势'呀"，其实是指暗示。"眼势"现在不大讲了。老早也表暗示。现在讲，"我眼梢一㦸么，侬就懂了呀"。

上海是城市，向来不是"熟人社会"，而是"陌生人社会"。为安全起见，不被别人动不动就搧两只大头耳光，样样言话只好讲半句，另外半句要猜的。所以看懂暗示邪气要紧。

"手势"还有一种意思，是指手艺。侬看，大菜司务，"手势"灵光，生活肯定也灵光。不过，上海言话的特点，用用意思就会得翻转来。啥人菜烧得弗灵光，结绒线结不来，高尔夫打得蹩脚，言话就出来了："'手势'倒蛮像腔啊嘛。"变成"摆花架子"的意思了。

还有一句，用得蛮多的，叫做"落场势"。

"好咪，差不多么就算咪，侬迭能再硬撑下去，到辰光一眼'落场势'也没了。"

见好就收，低调生活，也是在上海做人过日脚的要义。

据说，"落场势"一词出自梨园。唱戏人落场也要带一股气势。那么就有人要问了，有没有"上场势"呢？好像没听见过。不过，唱戏人上场一定也要有气势，叫"上场风"。带风而来，风头十足，气势也十足。一只亮相，台下就是一阵喝彩，这叫"碰头彩"。

接下来讲讲"吼势"。其实，上海人不大讲"吼"，声调也不对。我以为，写成"鲎势"或"鼩势"比较合适。

天气不适意，有点闷，叫"鲎势"。

"鲎"是一种海洋生物，历史比恐龙还要长。其背壳拱起。所以讲一个人不挺括，叫"鲎背"。另外，自古以来，雨后彩虹也一直被称为"鲎"。徐光启《农政全书》和李时珍《本草纲目》里都有提到。江南民谚也有"东鲎晴,西鲎雨"的说法。

现在普陀山的农家乐里可能还有鲎卖。我吃过,肉质不灵。不吃也罢。

另外一种"躺势",是指人生气,闷气。这个随便啥汉语词典里都可以查到的。

现在叫"胸闷"。老底子,至少1980年代初之前,大家侪讲,"迭桩事体我老躺啊","我躺煞了"。本地人还要讲成"躺去躺来"。

由此引出另外一个常用词"寻躺势"。"寻躺势"么就是找气生。当然被寻着的人也要生气,也要躺煞。

不管哪能,以上这些带"势"的上海言话还只好算土特产,下面几个带"势"的就侪是"洋泾浜"了。

比方讲,"坍招势"。翻译是翻译得很道地,信达雅侪有了。不过,究其根本,原来是"退juice"。

"juice"在英文里,有"油水、钱财"的意思。原来是指上海滩上各种霸头流氓斗不过人家,只好退还原本敲诈得来的油水(juice)。这样做,当然很没面子。后来在沪语中就引申为"没面子"的意思。

还有就是"腔势",恐怕是用得最多的。"腔势浓""腔势足""混腔势""看腔势""畀腔势",不一而足。

其实,"腔势"就是英文"chance"。最早来自弹子房。斯诺克(snooker),上海人叫"打落袋"("打落弹"似不确)。"打落袋"的地方叫弹子房。

据说最兴旺的辰光,淮海路从茂名路到瑞金路,短短几百米,就有四五家弹子房,而且全部朝南开。有案可稽的,一家在国泰楼上,一家在国泰隔壁弄堂里,一家在双子别墅花园里,还有一家和平弹子房在爱司公寓隔壁。

打落袋,最要紧就是不给对手留出任何机会,要做煞忒伊。所以,轮到自家打的辰光,先要"看腔势",寻机会。如果对手上一枪打得不好,伊也会得讲:"喏,畀侬一只腔势,侬打得进弗啦。"

现在讲"看腔势",与"看山水""格山水"的意思类似。

至于"混腔势",则是后来的引申义,与"打落袋"好像没啥关系了。事关做人。上海言话讲法,混勒人堆里寻出头的机会呀。

在上海人心里,"混腔势"没啥"拐招势"。杜月笙杜先生没出道辰光,也不是在十六铺卖水果"混腔势"的嘛。

后来,"混腔势"渐渐被"淘浆糊"所替代。

最好玩的是"吞头势"。

"侬迭个人哪能迭副'吞头势'嗰啦?"换句言话就是"啥腔调"。

其实,"吞头势"也是英文,"tendency"。

"tendency"本来的意思是倾向,趋势。或者指一个人讲言话、写文章的旨趣、意向、性情、癖好。乃末要死,到了上海言话里全变了。

只有在某些场合还能寻到一点它的原意。

比方讲:"侬看伊迭副'吞头势'呀。"

伊在打瞌充,那就倾向于睏着?伊在做坏事体,那就倾向于变坏人?伊空麻袋背着米了,那就倾向于要发财?

阿拉小老百姓就不去管介许多了。为啥?未来五年十年的最大最要紧的"吞头势",也没人弄得清爽。省省了吧。

也不晓得哪能,上海人从"吞头势"还衍生出来了什么"吃头势""眍头势""讲头势""烦头势",这后面几个与英语"tendency"又有何干?

狠是侬狠。

"tendency"翻过来是"趋势"。要死快了,东西融合,莫过于此。

上海言话里带"脚"的习语

扫一扫,有名堂

上海言话里带"头"的习语很多。我曾经写过一支新山歌,叫做《叫侬一声阿六头》,短短一支歌,用了64个带"头"的习语,文尾还罗列了61个带"头"的习语,不可谓不多。

仔细想想,上海言话里带"脚"的习语也不少。

比方讲,脚趾头,上海人叫"脚节头"。膝盖,上海人叫"脚馒头"。自行车,上海人叫"脚踏车"。

再比方讲,现在讲,"侬老潇洒嗰嘛",这都是被叶倩文的那首《潇洒走一回》带过去的。老早叫"侬日脚老好过嗰嘛"。

话说回来,这"日脚"是有出处的。《吴下方言考》里讲,老底子,傍夜快,太阳照出来的长长的影子就叫"日脚"。日脚日脚,就是日头的脚。看到日脚,一日就过了。

有"日脚好过",就有"日脚难过"。啥辰光"日脚难过"?月底呀,下个号头工钿还没发,手头紧啊。吃香烟朋友都晓得:月初"大前门",月底"门前大"。"大",宁波话音"驮",就是"捡拾"的意思。穷到拾香烟屁股吃了,日脚难过哦啊?弯腰拾,还怕难看,竹竿上绑一根大头针,去戳。这种做派又叫做"捉赚绩"。

与头相比,脚总归在下面,档次提不高。所以上海人讲"噱噱了头上,蹩蹩在脚上"。出门头势要清爽,脚下头说不定穿拖鞋。

受此连累,什么蹩脚货落脚货下脚货垫脚货,都不是好物事。1960年代,三年"自然"灾害辰光,交关人家下半日四五点钟等小菜场收摊,去买落脚货下脚货,甚至去拾菜帮子、黄叶菜,回来拣拣弄弄,也可以烧出一大碗。

由此延伸,上海人讲人作孽,叫"拾菜皮"朋友、"刮鱼鳞"朋友。

上海人讲究头势清爽,也讲究"手脚清爽"。人家物事不好碰,公家物事不好拿,否则就是"手脚弗清爽"。物事被别人动过了,也叫"做过手脚了"。当然,设圈套也叫"做手脚"。而画蛇添足,则叫做"多手脚"。上海老师傅做生活,顶顶不欢喜旁人"多手脚",而是欢喜自家一个人"一手一脚落"。侬在旁边硬劲要"轧一脚",老师傅就会讲,"侬搅啥脚筋啦"。1970年代还曾衍化成"侬搅啥鸡脚啦"。至于为啥是鸡脚而不是鸭脚,已无可稽考。

"轧一脚"还有一种意思,迹近现在的"劈腿"。也对,两腿不劈开,一只脚也轧不到别处去。这又让我想起另外一句"脚踏两头船"。同理,两腿不劈开,也踏不成两只船。

到了"刮三"辰光,也只好"脚踏西瓜皮,滑倒阿哩是阿哩"了。

刚刚讲到"脚筋"。讲人"脚筋好",既指脚力好,也喻"吃饱饭没事做"。脚力好又叫"脚头硬""硬脚头",特指足球运动员。不过还是比喻"吃饱饭没事做"的多。经常可以听到,"侬脚筋哪能介好嗰啦,跑到介远去买物事"。真正讲一个人脚力不好了,倒不讲"脚筋",而讲"脚花"。如:"侬看伊天天堂子里进出,身体侪淘空了,廿几岁的人,走路脚花也乱了。"当然,"脚花乱"还指临事慌张,压不住阵脚。

上海人欢喜吃大爊蟹,于是也欢喜拿蟹脚来打比方。"蟹脚"可以指狗腿子,帮闲。所以在江湖上,"先扳忒伊嗰蟹脚",有"清君侧"的意思。胆子小,叫"软脚蟹"。如:"还没踏进门,蟹脚先软了。"老早还有一种讲法,叫"脚写字",差不多的意思。脚写字,蟹脚软怎么办?只有提前"滑脚"。

至于"直升飞机吊蟹,悬空八只脚",这句话,好像民国就有,到现在,还是"八"字还没有一撇的意思。

只有"独脚蟹"与真的蟹脚无关,是发(沪音粉)芽豆摆在盐水里爊一爊,或者炒咸菜。这是上海人过老酒的好小菜。

带"脚"的习语,大多数意思都不大好。

讲一个人自由散漫,叫"脚头散"。我老早坐过机关写字间。年终考评,业务水平样样好,唯一缺点,就是"脚头散",寻不着人。这种现象也叫"脚痒",还有"猢狲屁股"。反正就是坐不牢,到处跑。幸亏我后来混入了媒界,做记者,"猢狲屁股""脚头散",反而变成优点了。

"脚头散"的反义词是"脚头紧"。老早在江湖上,若犯了一点事,巡捕房在到处找。老大就会关照:"这两天脚头紧一眼,迓迓好。"

最到位的是"前后脚"。老板出去你出去,老板回来你刚刚回来。"前后脚",不"刮三"。

"脚头紧"现在不大讲了,听不到了。

还有很多带"脚"的习语也听大不到了。比方讲,买鞋子问尺寸,现在问,侬几码啊?老早叫"脚寸",脚的尺寸。现在寻人寻地方,都问地址。"喂,留只地址下来。"老早叫"地脚名"。现在叫外卖叫快递,产生的费用就叫外卖费快递费,不用付叫"江浙沪包邮"。老早叫"脚钿"。现在家里旧沙发叫人拖出去,总归还是要搛落两个"脚钿"的嘛。

还有,"脚脚进"啥意思?不晓得了吧。是得寸进尺的意思。汏脚水老早还叫"脚汤水"呢,没听过吧。

回到带"脚"习语的贬义上来。

"听壁脚",很不上品。没想到,现在的小品和电视剧,没有"听壁脚",竟然统统编不下去了。悲夫。"戳壁脚"更加不灵光。"拆墙脚"也是很不上路的事体。

睏相不好叫"趴手趴脚";自我膨胀叫"头重脚轻";胡乱搭配叫"爹头娘脚";走路不稳叫"脚高脚低";事体穿帮叫"露马脚";生气光火叫"双脚跳";大大咧咧叫"大脚风";雕虫小技叫"三脚猫",也叫"猪头肉三不精";慌忙应对叫"临时抱佛脚";自寻烦恼叫"自搬石头自压脚"。

飞扬跋扈叫"脚跷黄天霸"。老实讲,脚跷得高,跷到台子上,适意是适意的,不过不好被大人看到。看到般要被骂的。"侬脚跷黄天霸做啥"。这句话的读音一直有争议。大多数人最后一个字读"bao"音。关于此事,我年轻时问过弄堂里的老爷叔的。有一位是这样回答我的:黄天霸的父亲黄三太,江湖号称"南霸天"。与贺兆雄、武万年、濮大勇合称"四霸天",是结拜兄弟。而他们四家头的儿子黄天霸、贺天保、武天虬、濮天雕也是结拜兄弟,人称"小四霸天"。要么后手来,黄天霸、贺天保读浑了?

还有"大脚娘姨",那是说娘姨的生活粗糙。其实很多娘姨,因为家境,从小都没有裹小脚。不过,裹小脚的太太总是认为你生活粗糙是因为你从小没裹脚。

有几句带"脚"习语很有意思,要单独拎出来。

打相打叫"动手动脚"。弄堂里经常听得到:"喂,朋友,有言话好讲,勿动手动脚。"公共汽车上"动手动脚",就是性骚扰了。

现在流行"装",老早上海人叫"大脚装小脚"。有酒量不喝,有钞票装穷,懂装不懂假谦虚,都叫"大脚装小脚"。

1970年代最流行"脚碰脚"。"阿拉大家脚碰脚呀",这句话为调和当年社会矛盾起了大作用。那时阶级斗争为纲啊,知识分子、有铜钿人家要与工农兵相结合,就讲"阿拉大家脚碰脚呀",这是为安全。基层群众读书少,见识不广,也讲"阿拉大家脚碰脚呀",这是为藏拙。

"毛脚女婿"一词,听说是上海人的发明创造。为啥准女婿叫"毛脚"?流传最广的版本是,毛头小伙子做事体毛手毛脚,第一次上门容易闯祸,闯了祸岂不是要吃"弹皮弓"?所以做丈人阿爸的,要大度,要宽容。丈母娘是贱骨头,反正只要是个男的,总归越看越欢喜。

人死了,叫"一脚去"。人生出来,如果不是头先出来,而是脚先出来,也有讲法,叫做"脚踏莲花生"。

"末脚煞"也很好玩。赛过"三连音",因为"末"就是"脚"就是"煞"。同义重复,语气很强。如,"弄到末脚煞又不灵光了"。

"赖脚皮"也有意思。脚皮贴牢地皮,死活不肯走,此之谓"赖",赛过现在的"钉子户"。

忙煞了,叫"脚也要掮起来了"。现在统统改讲北方话,"脚打后脑勺"云云。

还有,老早好人家走出来的人,从来不赤脚。偶尔被看到没穿袜子,便尊他一声"赤脚大仙"。

我最欢喜上海人用"脚色"来形容人品与本事。现在讲法,就是情商及动手能力。弄堂里经常可以听到:"迭嗰小姑娘脚色真好,大起来把家嗰。"教育自家小人:"哎,侬有眼脚色好否啊。"宁波人讲"呒脚色",就是没出息的意思了。

我最最不欢喜的一句带"脚"习语是"脚脚头"。现在叫"杯中酒",大家最后一口喝忒。老早是迭能讲的:"来,大家侪只剩眼脚脚头了,吃吃忒拉倒。"脚脚头,哪能吃得落手?

还是"碗脚头"可以接受。自家的"碗脚头"总归自家吃清爽。

睏觉,上海言话里有几种讲法?

扫一扫,有名堂

上海人讲言话,有时也蛮作。想讲啥,偏偏不讲啥。

啥原因?你想啊,这大都市,五方杂居,是个"陌生人社会",言话不好随便瞎讲讲的呀。若是在老家,同村同乡,都沾亲带故,讲话"直别别",也不怕冒犯。

我们这代上海人小辰光耳熟能详的攀谈规则,就是"好言话只讲半句","好言话不讲两遍"。想不到一圈活转来,流行"重要的事体讲三遍"了。以我愚见,这不是公开当人家聋甏或者戆徒嘛。不过还好,没人生气。真是好一个和谐的盛世。

想啥偏偏不讲啥,一个最明显的例子,就是吴语里的缩脚韵,也叫缩脚语。别人爷娘不方便直指,就讲"城隍老"(爷)、

"坑三姑"（娘）。

"我在讲啥人啊，喏，就是隔壁人家的'城隍老'呀，就是对过人家的'坑三姑'呀。"

"幺二三"么是指四（谐音屎，暗指臭）。

"哦唷，这张牌，哪能打得迭能'幺二三'嗰啦。"

"甲乙丙"么是指丁（谐音盯，暗指被盯梢）。

"那桩事体，我蛮好麪讲畀伊听的喏。乃末好，'甲乙丙'了。"

最最有名的，就是"猪头三"。

本来江南祭祖，供桌上照例要摆三样物事：一只猪头、一条鱼与一只雄鸡，统称"猪头三牲"。所以骂一声"猪头三"，还不止是骂人家畜牲，而是"众牲"。三而为众嘛。

除了缩脚韵，还有一种"想啥偏偏不讲啥"的办法，就是用替代语。大家心领神会，不会讲穿。

比如上海人讲"睏觉"，就是如此。

据说，老底子直接讲"睏觉"还是有点忌讳的。因为人死了就是长眠嘛。所以，最好要用别的话来代替。

比方讲，两夫妻夜里一道看电视，有人先有困意，就会得讲："我先去'钻被头洞'了噢。"

吃过中饭有点困，也讲："我到沙发上去眯忒一歇。"

讲到"眯"，就与眼睛搭界。不过，上海人讲到眼睛时也很当心。因为"两眼一闭""口眼不闭"等等，都不是啥好言话。

所以，讲到睏觉与眼睛之间的关系时，除了"眯忒一歇"，只讲"眼皮瞌充""眼皮撑不开""上下眼皮打相打""眼皮在做窠"。哪怕讲"眼皮搭牢"，也只讲"搭"，一个"闭"字是绝对不会吐出来的。

当然，总归有些人家是"姜太公在此，百无禁忌"，不怕自家"触"自家"霉头"。石库门弄堂里常常听到老婆这样抱怨老公：

"侬看伊呀，一回来就'挺尸'，啥事体也弗帮我做。我眼睛一眨，伊就'两脚一伸'，'摆平'了。"

不过人家命硬，老了照样金婚钻石婚，你也只有眼热的份。

最最好玩的是，睏觉睏着了，上海人讲，"伊已经到苏州去了"。

从小到大，这句言话不止讲了几百遍，从来也没去想，它到底是什么意思，只管跟在后面添油加醋。还没醒么，叫"苏州还没转来"。碰着枕头就睏着的么，叫"一歇歇苏州就到了"。睏得烂熟么，叫"啥个苏州，常州也到了"。还有呢，叫"到苏州买席子去了"。管它啥意思，反正不会有人听错。

真要细细考究起来，这句话还真不是上海言话。上海人是跟着别人瞎讲的。

一个流传最广的说法是，这句话是苏北传过来的。你若不信，可以问问周边的扬州人、泰兴（今泰州）人乃至南京人，他们都把"睏着"说成"到苏州去了"。甚至还有讲成"上虎丘了"的呢。

据说，元朝末年，朱元璋攻打张士诚把守的苏州费了九牛二虎之力，损失惨重，血流成河。因此，一俟城破，大明既立，洪武皇帝就将苏州阊门一带的士族大家统统赶到长江对面去，这就是史上有名的"洪武赶散"。这些人家到了苏北，家谱里都写明，"来自苏州阊门"。因思乡心切，又归根无日，所以睏着了做梦也要回到苏州去。

所以，你们上海人是跟着苏北人才这样讲的。

顺便提一下，苏州人一直很喜欢张士诚。张士诚当年治苏，亦深得人心。所以直到现在，苏州人攀谈聊天，还是叫"讲张"。

此张即张士诚的张。不是"争",也不是"账"。

"喏,两个人又在讲张了。"

杭州人好像不大同意这种传说。他们认为,"到苏州去"这句话是杭州人想出来的。以前都是水路,夜里艮山门上船,船舱就当栈房,睏一觉,天亮就到苏州了。所以睏觉就叫"到苏州去"。

你们上海人是跟着杭州人才这样讲的。

嘉兴人又不买账。说,嘉兴话里,"苏""酥"同音。睏得熟又称"睏得酥",所以,嘉兴人睏觉,是"到酥州去了"。

据说西至衢州,睏觉也讲"到苏州去"。可见流传之广。

不过,正所谓"台风眼里没台风",苏州人自己从来不讲"到苏州去"的。也对。苏州人每天半夜三更到苏州,原地打转,不发疯也要失眠的呀。那么,苏州人怎么讲?苏州人讲睏觉,叫"到昆山去了"。

好极了。想想上海人也真笨,为啥要跟着人家苏北人杭州人嘉兴人衢州人,每日夜里都"到苏州去",吃力哦啊?早晓得"到昆山去"也照样睏得着,近多了,车马铜钿一个月下来也要省下不少呢。过两年,地铁通了,更加便当了。

不过,苏州人讲"昆""睏"同音,与嘉兴人的"苏""酥"同音,倒是有异曲同工之妙。

那么,"到苏州去买席子"又是怎么回事呢?

因为苏州有个浒墅关,几百年来,那里编的草席闻名天下。所以,据老苏州讲,比"到昆山去"更老的讲法,是"到浒关去",而且,老苏州讲起来,叫做"关浪去哉"。

另外,在民间,席子与睏觉,一直有着千丝万缕的关系。吴语里有"滚席爿"的说法,侗语里还有"驼席子"(即背席子)的说法呢。没席子怎么睏觉?所以,睏觉叫"到苏州去买席子"。

一定有人要问,席子是夏天用的,为啥冬天睏觉,也叫"到苏州去买席子"呢?

这个问题很有趣。想起来,我们现在真的是有点忘本了。对大多数中土家庭来讲,床上除了盖被,还要垫垫被,还是最近这一百年乃至最近几十年的事体呢。老底子人家垫垫被,很奢侈的。早年,无论冬夏,床板上永远铺着席子的哦。

所以,穷人过世,买不起棺材,一张破席一卷,就入土了。其实,这跟现在棺材里摆被头,意思差不多的。

好了。我也要搁笔休息去了。我今朝要怎么道别?

晚清文人对睏觉还有一种很雅的说法,叫做"枕头寄信来了"。

那么,各位看官,不好意思,枕头也寄信给我了。Byebye。

吃名堂

我们以后怎样与家人一起晚餐?

扫一扫,有名堂

那天晚上,我突然想一个人吃晚饭。

于是,散步完毕,就走进了附近的一家中式自助快餐厅。拿了一小碟白斩鸡、一碟小炒和一碟素菜,找了一个靠窗的位子坐下来。

我喜欢这样边吃,边望野眼,边胡思乱想的状态。

那是个雨夜。

店堂里的人不多。

不久,走进来一老一少。大男孩至少有十六七岁,戴细黑框眼镜,穿嫩蟹青色薄卫衣,牛仔裤,跑鞋不是名牌。那老太至少七十开外,背有点驼,走路也蹒跚,外套是细黑白点子的,紧身裤是粗黑白点子的。看起来很像是祖孙俩。

很快,他们也拿了三碟菜,坐在我的邻桌。一个小炒肉,两个素菜,还有两碗鸡毛菜汤,米饭却只拿了一碗,放在老太面前。两人并不就动筷,那个大男孩很熟练地拿出手机刷起屏来。

不一会儿,服务员过来了。

"谁要的葱油拌面?"

"我的。"老太说。那个大男孩并不抬头。于是,老太挪开那碗米饭,拿起筷子,拌起面来。

一般店家习惯,只放葱油酱油,并不替你拌匀。

老太将面反复拌匀后,一口没吃,就放在了那个大男孩的面前。

这时,他们的晚餐才算开始了。

那个大男孩依然没说一句话,就吃起拌面来。边吃边低头看手机,连喝汤和攒菜的时候也不抬头。

那老太很快就扒拉完了那碗米饭,没攒几口菜。然后就专心致志地做起一件事情来:将那碗小炒肉里的干的红辣椒一瓣一瓣地挑出来,却留下青椒。也许他的孙子不喜欢吃辣。

大男孩依旧安然地享受着这一切,并不抬头,边吃边看手机。

挑完了红辣椒,老太似乎有些百无聊赖,东张西望了一番,亦好似不得要领,居然也从口袋里掏出一部手机来,看了几眼。

也许我认真地吃了几筷菜,再抬头,那老太已经离开了桌边,不知去了哪里。只有那个大男孩继续吃一筷拌面,喝一口汤,夹几筷菜,看几眼手机。

我也百无聊赖起来,便回过头来看窗外的街景。却发现,落地大玻璃窗外,贴着墙根,站着两个人。

一个是中年男子,是店里的清洁工。刚才他曾走到过我跟前,很客气地用不标准的普通话问,有没有空碟要先收掉。那中年男子穿着自己的便装，在店里显得很突兀。因为这家店还算正规，巡店的女领班穿黑色西装，收账员穿紫红色识别服，打菜的穿白识别服，戴高高的白纸帽。

而他身边的，正是刚刚不见了踪影的那个老太。两个抽着烟，交谈着，很熟络的样子。

隔着玻璃，听不到谈话声。我只好继续百无聊赖地看看他们，再回头看看那个大男孩。突然发现，那个大男孩和那中年男子长得像极了。眼距稍近，鼻子很挺，嘴唇很薄，瓜子脸，都很瘦，也都不高。

莫非他俩是父子？莫非老太刚刚看手机是接到了那中年男子的短信？

少顷，老太走回来，坐在一边，看着大男孩一口一口地把那碗拌面吃完了。

就在那个大男孩放下筷子，拿起餐巾纸的一刹那，那老太迅速起身，拿着空饭碗走开去，添了满满一碗米饭回来。

中式快餐店添米饭一般不要钱。

然后就着那些大男孩留下的剩菜，风卷残云般地又吃了起来。没多大工夫，饭尽菜尽，连自己的和大男孩的剩汤也都喝完，才心满意足地放下了筷子。

不是一家人，恐怕不会这么做。

这期间，那中年男子抽完烟，走进来，继续一个一个桌子地收碗碟。唯独经过这一桌时，目不斜视，连脚步也不停。那大男孩头也不抬，那老太也连眼珠子都不转过去，完全形同路人。

终于，那老太开口喊了一声那大男孩。这一回我听得清楚，因为就在邻桌。讲的是一种北方土话。我以为她会说："走吧？"没想到她问的是："在看什么呢？"

于是，大男孩转过身来，把手机放到老太面前，另一只手横着刷着屏幕，像是在展示里面的一组照片，脸上掠过不易察觉的得意。

老太几乎毫无表情地看着,然后转过身,站了起来。

彼时,那中年男子就在她的侧后方,端着一叠盘子。

老太完全没有要回过头去找谁的意思,让大男孩拿好雨伞,两人就走出去了。

隔着大玻璃窗,我看着他俩远去。大男孩撑着伞,老太一只手挽进那只撑伞的臂弯,驼着背,蹒跚着脚步,却又不怎么艰难。

夜色中,那一抹嫩蟹青色很青春。那笔直的年轻身影也突然有了一种可依赖感。

是不是有点无聊?

好像也不尽然。

一顿晚餐,好像也可以见人生,见自己。

我只是在想,我似乎并不能做得更好。

都说"平平淡淡才是真",你还想要什么?距离产生美,你怎么拒绝?儿女很平凡,你又能怎样?孩子们普遍少了与隔代的沟通,你一个人也无法挽狂澜于既倒。

总有一天,我们也会步履蹒跚,我们也会面对更多这种几乎没有什么互动的晚餐。

我们并无选择。

就像那雨,还没有停。

长亭买酒,非关铜钿总关情

扫一扫,有名堂

我是向来对小酒馆情有独钟的。

每每去周边的水乡古镇,总要择一临窗傍水的桌子,点两样小菜,或者蒸一条活鱼,再叫上一瓶酒,独自消磨它一个时辰。

其实,临窗傍水亦不为了窗外的景,都是早就看过了的。此刻举杯再望,亦在似看非看之间。

那么,醉翁之意不在酒,亦不在山水之间,又在哪里呢?

说来好笑,我欢喜非常入神地去听旁人的谈话。

这当然是没有征得旁人的首肯的,不过他们讲起来一个个都很响,毫不忌惮,因此,竟非"偷"而听之,而是"送"而听之了。

那些谈话,无不充满了俗世的热闹。无论是店主对城管队员的敷衍,还是女跑堂对男老板的打情骂俏,还是老板娘对属下抱怨丈夫之无能,都是那么的真实有趣。

这是他们的生计,更是他们的生活。

是生活就有千姿百态。

还有一色谈话,是发生在客人身上的,也同样真实有趣得紧。

最常见的节目就是"夫妻点菜"。

中国的夫妻,尤其老夫老妻单独"下馆子"的还远非"新常态"。因此,"点菜"一节,还在磨合之中。

男人多半欢喜"掼派头",论质不论价:

"你们这里有什么特色的,介绍介绍。"

于是鱼要来条大的,虾要来个半斤,土鸡也来个半只,扎肉一人一块,再添些冷盆佐酒。

而旁边的女人多半会忙不迭地阻拦,有时竟也并非为了省钱,只是要显示自己的精明和控制力:

"鱼么八九两足够了,两个人吃,不要太大。"

"虾要伊啥体啦,不新鲜的,小么小来兮。"

"鸡侬晓得伊死的还是活的,最多来个冷盆,半只太多了,吃不试的。"

"好了,出来么随便吃吃,家里啥么事没有啊,少点一些。"

"老酒么勿吃了,等歇醉醺醺的好看煞了。"

"热菜介许多,冷盆就不要了,都是冰箱里拿出来的,啥人晓得是不是隔夜的。"

女人这么说,男人总是要让她,何况当着人的面。

而店家也总是要来争辩几句,比如,他们的东西都是新鲜的啦,等等。

一来二去,有时竟会生出口角来,客人与店家的,或夫妻间的。

口角后,那顿饭往往吃得闷声没响,真个应了孔夫子的古训,"食不言寝不语"了。

其实，我中土人士原来根本不是这样的。

我们的女人向来随遇而安，尤其在外，总是爱惜眼前的那个人，在乎机会难得，铜钿银子从来不是第一位的。

我年轻时，听一位老太讲过，东洋人打仗辰光，逃难路上，全家曾在一个小镇歇脚，她丈夫不但点了饭菜，还要了酒，并邀她同饮。

屋里向来她当家，她一路上天天计算着路费，样样要节省，因为逃难不是旅游，不知哪天算到头。不过，男人为她叫了酒，她也就饮了。

前途未卜之际，那时的男女还是先想到了相互敬重，而非铜钿银子。今朝有酒今朝醉，明日事待明日忧。用在这里，不是放纵堕落，而是风日洒然。

同样吃顿饭，别人家会吃到心酸泪落，但他们的饮酒，竟是有着生命的大欢喜的。

我是最欢喜女人的这种落落大方了。

因为男人惜的是情，在乎的是机会难得。你若不见情，那就是矫情无疑了。

古人云："太上忘情，其次多情，其次任情，其下矫情。"

你不能忘情，不能多情，总也要任一任男人的情吧。

戏说梅龙镇私房菜

扫一扫，有名堂

冬至后一日，一"群"老男人去南京西路梅龙镇的仁和殿吃了一桌私房菜。

讲起这顿饭，群里三个礼拜之前就预告了。何以如此隆重？盖因难约。据说店家先出两套菜谱，再与订桌人反复推敲商量，与其说像私人定制，我倒觉得更像在敲定大选之年换届之人选。

当天中午一过，大家就在群里纷纷留言，有的说无心上班，有的说无心开会，有的说无心造爱。

下午4点一过，大家又在群里纷纷留言："我迫不及待地出发了。"

餐毕，众人皆曰，如此良辰美景，赏心乐事，实可一记。

无奈"群"中开公众号写美食的高手云集，有吃遍摊档的，有吃遍南北的，有吃遍欧美的，还有食色通吃的，老叟岂敢造次。故曰"戏说"。正说还是留待他们来说吧。

老叟于美食，虽吃得多，亦吃得早，奈何天资愚钝，心得少少。所以一把年纪，血脂吃高了，学问没吃高；血酸吃高了，境界没吃高。一旦要写,千难万难。古人是"读书破万卷,下笔如有神",老叟是"美食吃千遍,下笔如有鬼"。

鬼话如下,尔等姑妄听之。

且说是夜的第一道菜:游龙戏凤盅。

《游龙戏凤》是一出老戏,又名《梅龙镇》。明正德皇帝调戏凤姐,就在梅龙镇酒肆。皇帝是真龙天子,又正出游,故曰"游龙戏凤"。今之沪上梅龙镇,或亦因此得名。故由梅龙镇酒家来做"游龙戏凤盅",何其名正言顺乃尔。

吾等草民,祖上非龙,席间无凤,也只好戏一戏盅内龙凤了。盅内之龙凤,禽也鱼也。可选之材颇广。今次所选,是鸽子大腿,及海龙海马。海龙细不及鱿须,海马长不及寸。精巧,精致,精华。

据特来陪席片刻的周大厨讲,那上汤用鸡鸭精肉小排等历时数时才熬成,再辅以各种手段,方使金黄澄亮。食来确实令人击节。

再说是夜最后一道菜:龙圆豆腐。

豆腐自然是上等原味豆腐,辅料也不过虾仁瑶柱火腿香菇冬笋,并无奇处。

奇就奇在那豆腐是圆的。

周大厨说,老底子梅龙镇并无恁多包房,只底楼有一龙凤厅,呈圆形。彼时手艺人也真用心,凡送入龙凤厅之菜肴,一概改刀成圆形,豆腐亦不例外。故原本的"龙眼虾仁豆腐"亦改名"龙圆豆腐"。

当年龙凤厅的常客者谁?曰赵丹,曰胡蝶。

什么?胡蝶来吃过?本来面对这最后一道汤,众老饕已有心无力。一听胡蝶,眼睛发绿,胃口顿时再开,好像很罗曼蒂克地吃着了胡蝶的豆腐。

这一头一尾两道菜,让老叟突然想到,这"私房菜"的"私"字实在要紧。

"私"者,独之谓也。你不是梅龙镇,没来过正德皇帝,没来过凤姐,你游什么龙,戏什么凤?你没有圆厅,没来过胡蝶,你吃什么豆腐?谁说现在电视真人秀才流行讲故事?老早就有了好哦啊。

无论如何,故事很有助开胃。

正所谓"风借火势,火助风威",故事不但开胃,一开胃,还会引出新的故事。

譬如,席间竟有人将海马当鱼骨头扔在搁盆里。及待看到别人吃海马,竟还能发问:"我盅里怎么没有海马?"众里寻他千百度,那马却在,幺二角落处。

还没完。

皆知海马大补,正好冬至刚过,此其时也。竟有人担心,当晚万一被家主婆狠狠表扬一番,岂不显得平时不走心?要不要到啥地方去"先弄忒一滞"。

还没完。

群里那位如今混迹媒界的前芭蕾王子因故缺席,于是,台子上多出了一盅"游龙戏凤"。众人自是一番假痴假呆的你推我让,"一只海马已经不得了了,两只哪能吃得消呢"。

一来二去之后,首选饱受护士照顾刚刚出院虚弱不堪的某泰安路大佬,最后又经人提议,移到德高望重的带头大哥。因为他新有了嫂嫂,正处于力争自己的表现"没有最好,只有更好"的关键阶段。

按照传统冬至进补的讲法,回家路上可千万不能出汗失津哦。

言归正传。

讲了"私房菜"的"私"字,再来讲"房"字。

以上故事虽亦与"房"字有关,毕竟此"房"不是那"房"。

那晚我们吃到的菜,大多并不出现在梅龙镇日常的菜单上。为什么?好像并非仅仅为了增加"私房菜"的神秘,而是那些功夫菜,看似普通,价开高了,无人问津;价开低了,血本无归。

比如那道"芹黄鸽脯丝"。一棵芹菜剥到芯,只有那么几克重的芹黄。要剥多少棵芹菜才能凑成一客?因此梅龙镇的员工中有一个笑话:哪位客人点了一客"芹黄鸽脯丝",大家就叹道:乃末好,阿拉职工食堂要吃一个礼拜的芹菜香干了。即便如此,芹黄又能卖几钿?

再比如那道"火腿银牙"。几丝火腿,一把绿豆芽,哪怕你手艺高超,炒到断生却不出水,不破坏绿豆芽的"包浆";哪怕你又要不放盐又要使火腿味道渗入豆芽,你又能卖几钿?

所以,只好有行无市,有名无实,束之高阁了。

怎么办?依老叟之陋见,别无他途,全靠各位欢喜美食的老饕们出高价来"包养"这些名菜了。举个不甚恰当的例子,赛过老底子上海有铜钿人家在外头租间小"房"子,留住老相好那样。

当然,"包养"也要有力膊。譬如敝群,虽有名记名编名导,音乐界大佬教育界大佬展会界大佬,看上去像煞有介事,实际上心里虚得很,一分洋钿的角子都看得比梅赛德斯奔驰文化中心还要大。

"请问倷啥人埋单?"

大家眼睛齐齐望住 2016 年最火的网红宋先生。这一年,他太幸福了,名扬四海,又珠胎暗结。

"包养"私房菜这等事,只有宋总,啊只有宋总。

"阿拉跑了噢。"

转身就没了人烟。

是为"戏说"。

雨夜,在西区吃私房菜

扫一扫,有名堂

想来,这样的机会至少十年一遇。

这样一个雨夜,居然能在原来的法租界的公寓里,吃到一桌由法国友人掌勺的私房菜。餐叙皆欢,亥时二刻后才陆续散去。

走过去时,一路都是回忆。

宝庆路3号,徐元章的音容就在我眼前。现在成了交响乐博物馆,每天只限50人参观,排队排到明年开春。很多读者等着看我的旧地重游记,我只好先摇摇头走过。

宝庆路9弄,我的小学老师和同学,有的迁徙,有的远行。4号里的那个同班同学,那么漂亮,最近听说还曾受过家暴之苦,不知现在还好么。

新康花园后门的大楼里,那个参与设计过中苏友好大厦的W先生的儿子,如今你可安好?还有,黑石公寓里我10岁时的相声搭档,你还在么?

我还是走进了克莱门公寓。

透过窗内的灯光,我看到了吾友横戈的身影和传说中的法国掌勺人。

我敲门,我进去。我们握手。

掌勺的法国人叫 Gil(中文名晓松)。他十二年前来到中国,原先也算是我的同行了,类似自由撰稿人。听说,他做了很多记者应该做而很多记者不敢做的事情。2012 年,他开始在北京烧私房菜招待在京外国人。一年后转进云南大理,租下一农舍,专烧私房菜。

如今是转战各地,用手艺以飨各地饕餮之友。前晚还在湖南路某宅,昨天一早就来到复兴路吾友横府,为我们准备大餐。

横府主人也非同寻常。

一个西安男子,很早闯荡上海滩。"blogbus"对很多年轻人来说都不是一个很熟悉的名字,他已因此而踏入申城 IT 圈。那之前还做过几年证券。如今在干什么不重要。

重要的是,他和他的朋友们都租住在原法租界,还因此组织了一个"法租界"街坊群,主要活动就是吃。

最近有人说,一个人,二三十岁生活在什么地方,对他的一生都很重要。我是认同这种观点的。

而他们,都实实在在地生活在上海西区,一租住就是七八靠十年,比我插队落户的时间还长。很多上海人,现在恐怕只能靠回忆来 YY 原法租界的生活方式了,和他们相比,谁才算是上海人呢?我真的有点困惑(别跟我谈什么"新上海人"这种伪概念)。

就昨晚聚餐的人来说,他们中有西安人、开封人、南通人,当然也有上海人,比如我。

我只想说,一个觉得此地很像巴黎的法国人 Gil 要为我们烧一顿法国私房菜,这个雨夜,太好玩了。

据说，Gil 早上 8 点多就到乌鲁木齐路小菜场去买菜了。然后一直忙，忙到我们的陆续到来。

作为资深"馋痨胚"，我是第一个到的。

这个时候，Gil 还在厨房里切他的西葫芦呢。我便去厨房与他"say hello"。他怎么可以这么帅？原来他祖父是西班牙人，祖母是法国人，母亲是德国人。杂交就是有优势。

6 点过后，女宾们才陆续来到。7 点 20，人才到齐。

法租界私房菜的前菜，从来就叫做耐心。

别说，这耐心，也真的很值得。

Gil 开始上菜了。

第一道，猪肉酱，左右两个小碟。一个乳瓜，一个洋葱。这猪肉酱是用五花肉做成，先炖一小时，使肉与油分离，再（此处省略三百字）经过 12 小时以后，这肉酱特别紧实有嚼劲。配面包吃，一级了。

第二道，鸡肝酱拌牛肝菌，肝肝相照。Gil 烧的法国菜，有一个特点，说有什么味儿，就有什么味儿，却又不浓郁。淡中带鲜。

第三道，京葱蘸芥末酱。食材都是 Gil 早上从乌鲁木齐路买来的。但那京葱是事先蒸熟的，再涂上自制的芥末酱。味不重，但绝对吃得出芥末味。

第四道，拌茄子。本来稀松平常。但法国人用橄榄油和柠檬汁一拌，味道就不一样了。Gil 说，这叫地中海风味。我觉得，这个菜倒是可以引进到我们家里来。

不过，这四样菜，都不是单吃的。要就着法式咸棍吃，才有劲。

若有人要问，这四样菜味道究竟如何？我只有一语相答。那些平时以节食为宗旨的女生，几次三番大呼，面包不够了，再切点出来。

只可惜，Gil 和横府主人只准备了两根法棍，这无论如何都是本世纪以来最大的失误，比特朗普上台还糟糕。

接下来一道菜有争议。
美食女记者小青青劈头就问法国帅哥，这是热菜还是冷菜？
什么菜？云南乳饼（cheese，即奶酪的一种）上涂芥末再加红色彩椒的盖。
Gil 的回答是，乳饼是热的。大家趁热吃。
实话说，我第一次吃云南奶酪。好吃。
那彩椒也烫得太糯，宛如番茄酱。

这时候，喝酒出现了错乱。
第一瓶红葡萄酒差不多已经喝完，但接下来的几道菜里，还有一个土豆炖牛肉，需红葡萄酒配才好吃。而其他菜肴均可配白葡萄酒。
也不知谁提议，开了一瓶 Gil 特意从法国带来的白葡萄酒。真好。紧接着上来的菜也合适，西葫芦云腿鸡腿菇丁。这道菜的亮点是，Gil 把自家种的"百里香"也放了进去。
顺便说一句，今天的调料辅料里，有很多都是 Gil 带来的。连烧海鲜饭的平底锅也是从大理带来的。横府的厨房小，平底锅只好放在了原来的露台上，只见 Gil 身手矫捷，来回穿梭，这里翻炒两下，再小步快跑，到那里颠炒两下，煞是好看。

第六道是威士忌虾。
虾是乌鲁木齐路小菜场买来的。但那威士忌的香味确实独特。你喷白酒、黄酒，都不是这个味。而且威士忌毕竟香，虾味独特。
吃完威士忌虾，杯中的白葡萄酒还没喝完，土豆烧牛肉上桌了。
牛肉炖得塌塌烂，绝对入味。反正我是吃了又添。但这牛肉是用一种法国勃艮第红酒煮成的，喝白葡萄酒就不合适了。于是要换酒,又是一阵忙乱。

横府的酒具茶具不但全,还颇有特色。至此,似乎也有点应付不过来了。

顺便提一句,连搁筷子的,都是 Gil 从法国马赛海滩带来的小石头,每个形状都不一样。

有情调。

需要说明的是,Gil 告诉我,在法国,这道菜上来时,牛肉可以是整块的,需要当场切分。不过他毕竟在华十年,知道吾中土人士吃饭用筷子,所以,他事先将牛肉切成小块,方便我们搛食。

我觉得这是对中西融会的好理解。我很感激 Gil 这么做。尽管卖相差一点,牛肉本身炖得烂,再一切开,不易成型。

再下面一道,是那晚的高潮。

海鲜饭。

墨鱼切成丁,与泰国大米(又是 Gil 带来的)炒煮多时。上面放明虾和蛤蜊。

都是海鲜,我知道自己不能吃,还是忍不住舀了一勺饭。那个鲜。

我问邻座小妹:这黑黑的色面会不会影响视觉享受,影响体验呢?

众皆"say no"。我们年轻人都不在乎这个。

有人还反问:"墨鱼煮饭,能不黑吗?"

其实,我也不在乎。但我知道,我们这一代人里,会有很多人在乎。

少顷,我说,海鲜饭一上,不会再有菜了吧。大家也默认。

我便问 Gil:"Any dessert?"

Gil 说:"我在你们这里烧私房菜烧得太多了,你们一般都不在乎这个,所以我就取消了。"

那么，今天的私房菜就结束了？
当然不。
Gil 说，还有最后一道菜。它的名字叫"咬男人"。
哦唷，这一记，胃口被他吊足输赢。

十分钟后，最后一道菜上来了。
中间是青头，四边是一块一块的面包片加云南火腿加番茄再加云南乳扇（cheese 薄片）。一口咬上去，番茄的酸味与火腿的咸香味很分明。

趁着酒兴，我问 Gil，为啥叫它"咬男人"？
他不置可否。
再问，那有没有"咬女人"的菜式？
他回答说，真的也有过。
面包坯子大一些，上面照例放火腿、番茄、乳扇，然后再打一个蛋。蛋白在外盇（huang）在内，这样做，就可以叫"咬女人"。
Gil 真坏。

我也是土包子一个。看菜配酒也真的繁琐。所以，我早早就申请开喝威士忌。本来，这是人家的餐后酒。但我屏不牢了。管他一世英名扫地，先喝了再讲。
讲也不敢乱讲。
慢说 Gil 和横府主人，在座六位淑女，又岂是常人比得了。
照片根本不用拍，盗图便是。都是拍照和 P 图高手。
做什么行业的都有，而且都是行业高手。相比之下，我就是个阿木林。

最后一刻，原形毕露。就像阿拉上海人吃好山珍海味，最后假使有人问，要不要来碗菜泡饭？绝对是满堂彩一样，最后，横府主人亲自下厨，烧出一碗西北风味的"横府葱油拌面"，皆大欢喜。

无论如何，这个雨夜还是很愉快。

老早法租界里，主人用心而又精致的私人宴会其实是常事。程乃珊到隔壁人家去吃鸡丝焗面，吃出了一个"天鹅阁"，其实是一样的道理。

我庆幸的是，昨天晚上，它又回来了。

会得弄、会得吃的男人女人，才是真正的性情中人。何况在西区。夜里，还下雨。